manholt verlag

PAUL MORAND
DIE BESESSENE

Aus dem Französischen
von Dirk Hemjeoltmanns

MANHOLT

Titel der Originalausgabe
Hécate et ses chiens, Editions Flammarion, 1954

www. manholt.de

© 2002 der deutschsprachigen Ausgabe
by manholt verlag, Bremen
Dieses Buch erscheint im Rahmen des Förderprogramms
des französischen Kultusministeriums, vertreten durch
die Kulturabteilung der französischen Botschaft in Berlin.
Umschlaggestaltung: Frank Bornemann
Gesamtherstellung: Clausen & Bosse, Leck
ISBN 3-924903-09-3

»Einfach die Welt verwirrt ich, doppelt mehr.«
Helena in Faust, 2. Teil

Ich hatte diesen Ort mit dem Schwur verlassen, niemals zurückzukehren. Entgegen meinem Willen betrete ich ihn erneut. Eine Zwischenlandung zwingt mich, auf ein anderes Flugzeug zu warten, das mich morgen zu einem dritten Kontinent bringen wird; ein Kontinent pro Tag, das ist unsere Zeit.
Wir fliegen so schnell, daß ich kaum die ersten Wolkenkratzer wahrgenommen habe, schon sind wir darüber und sogar jenseits davon, fortgetragen vom Furor eines Windes, der seine Kraft unseren vier Motoren hinzufügt.
Meine Blicke eilen meinen Gedanken voraus. Noch vor zwei Stunden war ich in Paris, und jetzt bin ich bereits in Afrika. Ich habe gerade nur Zeit gehabt, zu frühstücken und meine Zeitung zu lesen, das Meer mit violetten Felsen auf bleigrauem, sandigem Grund liegt unter mir. Dem Wind genügt es nicht, das Wasser aufzuwühlen, er zermalmt es; nirgendwo eine Wolke, die seinen Zorn auf sich zieht, irritiert vom weiten Blau, das ihn ärgert, stürzt sich der heftige Orkan auf den Schaum, die Schmuckfeder; er rast gegen das Flugzeug, das soeben seine Landeklappen öffnet.
Dieser Flugplatz ist neu für mich. Asphaltierte Rollbahnen gab es hier vor dreißig Jahren nicht. Die Stadt hat sich vergrößert, sich ausgedehnt; ich erkenne sie fast nicht wieder. Sie wirkt erstaunlich jung, wie man es über ältere Menschen sagt. Sie stapelt am Strand die Stockwerke ihrer Wohnhäuser und ihre Duros an den Schaltern der Wechselstuben. Mit den

Augen eines Sechzigjährigen betrachte ich diesen Winkel der Welt, wo ich meine Jugend gelassen, die schlimmsten Jahre meines Lebens erlitten habe.

1

Vor dreißig Jahre kam ich nach dem Ausscheiden aus der Finanzinspektion hier an. Ich stürzte mich mit Missionarseifer auf dieses neue Land, ungeduldig, etwas zu tun, die Lehre aus bitteren Lektionen zu ziehen, die ein sehr alter Handelsplatz den vom Krieg zerrütteten europäischen Finanzen zu geben begann. Die Währung meines siegreichen Vaterlandes schwankte; es könnte eintreten, daß durch den Verlust seines Kompagnons, dem Pfund Sterling, ein plötzlich geschwächter Franc einer Peseta Widerstand leistet, die aus der Neutralität Gewinn gezogen hatte und ihn nun entthront.

Ich war der Repräsentant einer fast genauso offiziellen Bank wie der Notenbank; Paris ließ mir freie Hand; in jugendlichem Überschwang sah ich eine beachtliche Finanzlaufbahn vor mir; vom Lehrling würde ich zum Meister werden; ich würde nicht mehr meine Aufgaben erledigen, sondern meine Pflicht; ich würde dazu beitragen, politisch und moralisch eine ganz und gar französische Ordnung wiederherzustellen.

Es war zur falschen Zeit. Von der Verwaltung an regelmäßige Bürostunden gewöhnt, verstand ich nichts von einer Arbeitsweise, die die graphische Darstellung der Börsenkurse in Form von Sägezähnen zu imitieren schien. Die demokratischen Wechsel begannen eine Tauchfahrt, die noch nicht auf dem Grund angekommen war. Der Rhythmus der Geschäfte paßte sich dem an; kein Mittelweg; entweder die Raserei der Devisenmakler, den Telefonhörer am Ohr, oder aber die Unbeweglichkeit der Staatskasse, des aus Angst eingefrorenen Kapitals, schnell verfügbare Masse, die keine Neuplazierung interessierte. Zwischen diesen beiden Extremen Pausen für endlose Vergnügungen, die manchmal Monate dauerten und wo meine Bankvertretung kaum mehr als die Rolle eines Briefkastens spielte. Dann plötzlich, Freisetzung von Millionen, eine Flutwelle der Spekulation, eine aussichtslose Flucht vor der Inflation, gigantische Verluste von Finanzjongleuren, weltweite Springflut, was mich tagelang in Atem hielt. Danach fiel alles wieder in sich zusammen, und man konnte von nichts Provinziellerem träumen als von diesem kleinen Büro über dem Strand, bewohnt von einem Haufen Geistergestalten. Das halbkoloniale Leben der Europäer, ihre Schlaffheit, ihre Scheinaktivitäten von Kleinverdienern, alles erschien mir, trügerisch vor azurblauem Hintergrund, wie ein nach und nach verschwindender Zierat einer Zwischenstation.

Um mich herum waren das Zetergeschrei der Konsularbeamten, das Gezänk der Bridgespieler, das wacklige, verstohlene, gebeugte Auftauchen von Ruheständlern oder das noch undurchsichtigere von internationalen Wehrdienstverweigerern, von politischen Flüchtlingen, Treibgut des neuerlichen Konflikts, die auf eine Nationalität warteten oder zumindest auf einen Paß. All das schuf ein Proletariat aus Jägern von eidesstattlichen Erklärungen und aus vorübergehend Ansässigen, die ersten Opfer der Staaten. Die Staaten, die einzigen Sieger in den Kriegen, ließen langsam die Masken fallen und zeigten ihr Tyrannengesicht, denn sie warfen diejenigen ihrer Untertanen hinaus, die sie nicht mehr wollten, schlossen die anderen hinter den Gitterstäben der Grenzen oder Wechselkurse ein.

All diese gestrandeten Leute bildeten keine Bevölkerung, noch weniger ein Volk; sie schienen auf einen Zug zu warten, der nicht kam.

Meine jugendliche und nicht anpassungsfähige Ungeduld entzündete sich daran. Ich war von Geburt, vom Temperament und von der Ausbildung her Hugenotte. Anstand, Gesittung, Redlichkeit, diese drei protestantischen Feen verfolgten mich von der Wiege an; mir fehlten Leichtigkeit und Ungezwungenheit; ich hatte ein Kinn, aber ein kantiges, kantige Brillengläser; alles an mir war kantig, erlernt, erzwungen; in diesem laxen Land glaubte ich mich zu dieser synthetischen Tugend verpflichtet, zu dieser überdrehten Staatsgesinnung, streng, ebenfalls kantig, wie man es bei Calvinisten sieht, vor allem in Zeiten aufgelöster Sitten. Man sagte über mich: »Er ist nicht gesellig, aber er ist ein organisierter Bursche«, was ich als Kompliment auffaßte.

Methodisch, daran gewöhnt, mein Leben mit schnurgeraden Furchen aufzubauen, hatte ich mir seit Paris einen Existenzplan vorgezeichnet, mit Daten zur Unterstützung: ich würde am 3. November abfahren; ich würde mir bis zum 16. November Zeit geben, um ein Haus zu finden; dann drei weitere Monate, um es mit Möbeln und allem anderen einzurichten, einen Monat, um meine arabischen Hausgehilfen zu drillen, den ganzen Winter, um dem Personal meines Büros eine gesunde Routine beizubringen.

Der Frühling sollte mich bereit finden. Ich würde mir folglich das Ziel setzen, eine Sektion (wie man es seit Foch nannte) kennenzulernen, in die ich bisher nur wenig vorgedrungen war: die der Vergnügungen, aller Vergnügungen; wohlverstanden die statthaften Vergnügungen. Dafür benötigte ich eine Begleitung, besser gesagt eine Mätresse.

2

Unglücklicherweise war ich bis heute keiner Frau begegnet, die nach meinem Geschmack war; ich verabscheute fleischliche Üppigkeit, ausladende Hüften, schmachtende Lippen im Nelkenrot der Carmen, Dekolletés gleich einer Obstschale mit Treibhauspfirsichen, feuchtglänzende, weit aufgerissene, allzu wimpernbeschwerte Augen, schwingende Hinterteile, schlechtes Benehmen, das für gut befunden wird, die Ungeniertheit junger, auf Barhockern sitzender Frauen, ihre breiten Männermünder.

Eine der periodischen Weltkrisen hatte soeben die Wechselkurse erschüttert. Als dieser kurze Aufruhr sich gelegt hatte, verfiel die Geschäftswelt wieder in Lethargie – und ich in meine Tätigkeit ohne Beschäftigung. Wie konnte ich meine freie Zeit ausfüllen? Um mich herum sah ich all diese Europäer aufblühen in der Entspannung, die den großen geschichtlichen Umwälzungen folgt, ihren Vorrat an Energie auffüllen, frei durchatmen. Aber ich vermochte nicht aufzuatmen. Ich langweilte mich; meine Untätigkeit war vollkommen.

3

Anläßlich eines Empfangs beim Gerichtspräsidenten wurde ich Clotilde vorgestellt.

In diesem Königreich der Leere kam sie mir zuerst vor wie eine weitere Vakanz; alles an ihr war unauffällig. Sie trug ein beiges Kostüm, schlicht, perfekt. Zurückhaltende Gesten, nur angedeutet, eine leicht rauhe Stimme, die unbestimmte Farbe der Pupillen, der zerbrechliche Körper ließen sie wie ein armes Ding erscheinen. Die Frauen fanden sie entzückend, weil ihre Physis der Mode entsprach, Stupsnase, Katzenaugen, einen für den Körper zu kleinen Kopf, runder Rücken, keine Hüften, wenig Busen, lange Merowingerfüße, fleischlose Arme, die die Jacken nicht ausbeulten, magere Schenkel, über denen die Röcke gut saßen. Einige hatten zu denken gewagt, daß sie bei diesem Aussehen eher häßlich war; aber die Anmut verträgt sich besser mit der Häßlichkeit als mit der Schönheit, und Clotilde war die Anmut in Person.

Clotilde reichte mir die Hand (die Hände waren schön, lang, schmal und geschmeidig) und gab mir ein Zeichen, mich zu ihr zu setzen.

»Gefällt es Ihnen hier?«

Unerläßliche Frage, die ich stets höflich bejahe. Ein jähes Aufbegehren gegen alle bisherigen Formulierungen trieb mich diesmal dazu, brüsk zu antworten: »Nein.«

»Worauf es ankommt«, fuhr Clotilde nach einer Pause fort, »ist, sich auszuleben.«

»Sich ausleben«, diese Phrase brachte mich auf; aber je mehr ich daran kaute, um so tiefer wurde ihr Sinn.

Wie stellt man es an, sich auszuleben? Könnte diese Frau es mir beibringen? Clotilde lebte allein; sie war frei, hatte ihr Vermögen bei meiner Bank angelegt und einen fernen Ehemann, der sich in Sibirien aufhielt, beschäftigt in einem Generalstab, der plötzlich zur Botschaft wurde, bei einem russischen Abenteurer, der plötzlich Regierung war.

4

Schon am nächsten Tag begab ich mich zu Clotilde und ging gleich auf den Satz vom Vorabend ein.

»Leben Sie sich aus? Wie stellen Sie das an?«

»Indem ich nur mir nachgebe«, sagte sie in laszivem Tonfall.

»Ihrem Charakter?«

»Aber nein, meiner Stimmung.«

»Ich verstehe.«

»Sie verstehen? Warum ständig etwas verstehen wollen. Erahnen ist besser.«

»Ich kann auch erahnen. Ich ahne, warum Sie sich behaglich fühlen, allein wenn ich

Sie auf diesem Sessel sehe, auf dem Sie nicht wie eine sitzende Person ausschauen, sondern wie ein hingeworfener Schal.«

»Ich kann Ihnen das Kompliment nicht zurückgeben. Sie wirken auf Ihrem wie eine

Eisenstange.«

»Ich habe immer Lehrer für alles gehabt, außer dafür. Seien Sie meine Sessellehrerin.«

Clotilde lächelte.

»Erste Lektion: lernen, sich gehen zu lassen.«

5

Ich ließ mich bei Clotilde gehen. Zunächst war es nur ein scheinbares Sichgehenlassen, denn um meine Anspannung loszuwerden, verkrampfte ich mich.

Nun, ich mußte aus mir herauskommen, mich vergessen und deshalb Clotilde betrachten. Ich bemühte mich, sie genauer zu betrachten: sie hatte eine gelbliche Haut, himmelblaue Flecken auf den Lidern, eine blaßviolette Schattierung an den vom Haaransatz verjüngten Schläfen. Ich sah sie auch leben; materiell und moralisch war sie frei, aber zugleich etwas unüberlegt, wankelmütig, zerbrechlich, was sie außerordentlich schön machte.

Übertrieben genau spürte man, daß sie sogar frei war, ihre Freiheit zu verlieren.

Sie war der Gegenpol von mir.

Diese Verbindung wollte ich, wie ich auch alles andere gewollt hatte.

6

Clotilde besaß eine erstaunliche Anpassungsgabe; in ihrer Fähigkeit, alle Formen anzunehmen, war sie über alles auf dem laufenden, bevor sie etwas erfahren hatte; einfühlsam und geschickt bei jeder Konversation, war sie in jeder Gesellschaft stets auf Harmonie bedacht. Mit ihr würde ich mich nicht heimatlos fühlen.

Ich möchte noch einmal betonen, daß die Phantasie bei meiner Wahl keine Rolle gespielt hat. Ich hing an dieser bündigen und trennscharfen Methode, die man mir im Finanzministerium beigebracht hatte.
Keine Gleichung war klarer definiert, kein Mann glaubte sich freier, sich seiner mehr gewiß.
Kein Fisch ging jemals präziser ins Netz.

7

Nichts lernt man auf afrikanischem Boden schneller als die Kunst, sich auszuleben. Clotilde brachte mir bei, ohne Ärger die Arbeitszeitverschiebung hinzunehmen, die Anarchie Tag und Nacht geöffneter Geschäfte, dieses organische Durcheinander, welches der Orient ist. Die Augenblicke, die ich damit verbrachte, ihr Haar zu streicheln, das den Duft und das violette Rostrot des Heliotrops hatte, ihre helle Haut, die sie nie der Sonne aussetzte, wurden unmerklich länger. Ich ging weniger regelmäßig in mein Büro, wo ohnehin nichts los war; ich nahm sogar hin, daß mein Dolmetscher mir zu Clotilde die Tagespost brachte, die ich dann unterzeichnete, hingestreckt auf einer Haremsottomane aus gepreßtem Stroh mit gelbem Damastbezug.

Von Clotilde niemals ein Vorwurf, eine Kritik, ein Schmollen, eine Gereiztheit, eine unangemessene Frage; sie glaubte nicht, weil sie sich hingegeben hatte, ein Kontrollrecht erworben zu haben über meine Krawatten, meine Vergangenheit, meine Zukunft, meinen Briefwechsel oder meine Wochenenden.

Idealfrau, leicht verfügbar, zugleich Begleiterin und Gattin, Geliebte und Freundin, Dame und Mätresse, stets frei, nie eine Last, mit diesem nonchalanten Desinteresse und dieser glückseligen Ausgewogenheit, die bei Egoisten so angenehm ist.

8

Da ich mich in meiner Karriere gut eingerichtet fühlte, hatte ich beschlossen, mich ab jetzt zu »amüsieren«, wie die Leute augenzwinkernd sagen, ohne eigentlich zu wissen, was sie darunter verstehen. Sonnenbaden, Nelke im Knopfloch (was ich nie gewagt hatte), Abendessen in weißem Smoking, Abbild meiner Unbefangenheit. Ich wollte ohne Hut ausgehen, das Büro ohne lederne Aktentasche betreten, einen grauen Anzug anziehen, was mir in Europa übertrieben munter vorgekommen wäre. Ich sah aus wie ein Klassenprimus, ein zu dicker Kopf, voller Erinnerungen, auf schmalen Schultern, unzureichend entwickelt im Verhältnis zu den Hüften. Ein Mann mit einem dicken Kopf kann alles, nur nicht elegant sein. Ich wollte zahlreiche Übungen auf mich nehmen, um meine Proportionen zu korrigieren: zu spät, ich war bereits geformt und ungeformt. Daraufhin trank ich sechs Whiskys am Tag, saß zu Pferde, mühte mich ungeschickt ab mit den *Greens* beim Golf, nahm Einladungen zu Kostümfesten an. Initiation in das kleine Dasein, das man das große Leben nennt. Ich träumte davon, die guten Sitten durch die guten Manieren zu ersetzen. Mit meiner Beharrlichkeit, und da ich es stets verstanden hatte, der Erste bei Examen und der Preisträger bei Wettbewerben zu sein, würde ich sehr wohl eines Tages die Bestnote im Benehmen erlangen.

9

Die Liebe nimmt viel Zeit in Anspruch; deswegen blüht sie besser in der Provinz; in Paris spricht alles über die Liebe, die Kleider, die Parfüme, das Essen, die Theater, aber niemand hat Zeit dafür; man braucht nur die Romane unserer Väter zu lesen, die sich darin auskannten: daran denken, sich darauf vorbereiten, sich treffen, sich etwas erhoffen, sich in Einklang bringen, in Maßen ein Spiel spielen: das ganze Leben wurde damit verbracht. Aber mit Clotilde war alles einfacher: unser Liebesleben schöpfte aus sich selbst.

Wir verstanden uns hervorragend, wortlos, auf die geheimnisvolle Art der Tiere; unsere Gespräche wiederzugeben, war nahezu unmöglich, denn wir versanken in unendliches Schweigen, das Blicke kommentierten so andauernd wie unsere Küsse, wie unser Händedruck (sie hatte die brennende Hand der

Gleichgültigen), wie unsere Liebkosungen. Worte sind für jene geschaffen, die sich nichts zu sagen haben.

10

Wir verbrachten sehr oft gemeinsam die Nacht, denn die Nächte verlängerten den Tag ohne diese Unterbrechungen, wie es das Einschalten der Lampen oder die Mahlzeiten zu festgesetzter Stunde in den Ländern des Nordens sind; wir aßen, wenn uns die Lust dazu überkam; ausgestreckt lagen wir danach mit dem Blick zum Himmel unter einer Sternenkuppel bis zum Gesang der Moscheen, die aus der Stadt eine einheitliche, lärmende Masse machten mit dem Ruf der Muezzine, der auf jede Dachterrasse im Viertel der Einheimischen übersprang, während gleichzeitig eine gewaltige Sonnenscheibe aus dem Meer emporstieg. Wir gingen nicht wie Normalbürger zu Bett.

Alles war ein Vergnügen und von einer einzigartigen Leichtigkeit. Lange hatte ich geglaubt, daß die Beziehungen unter Liebespaaren eine schwierige Angelegenheit, daß die Frauen gefährlich seien. Doch Clotilde ging ans Telefon, spielte nicht, trank nicht, verließ nur das Haus, um zu ihrer Bank zu gehen, Oliven oder geröstete Mandeln zu kaufen, um sich die Fingernägel oder Dauerwellen machen zu lassen. Sie war nicht die von meiner jugendlichen Angst beschworene Sphinx. Passiv, fast orientalisch. Nichts entzückte mich mehr als ihre Rückkehr vom Markt mit einem Bund gelber Schwertlilien oder einem Arm voller ungefleckter Aronstabblüten, die nicht vom Transport geknickt waren, und ihr Kleinmädchenkopf erschien inmitten von Blumenkelchen, die so groß waren wie Abendmahlgefäße.

Bei ihr genoß ich den Kontrast zwischen den vergoldeten Sesseln mit den beruhigenden Mustern nach Art der Fabeln La Fontaines, dem silbernen Tafelgeschirr mit dem Wappen des alten Paris, das aus dem Bestand eines ehemaligen Stadtpalais im Marais stammte, und der riesigen, fahlroten Woge der afrikanischen, von Helligkeit überschwemmten Hügel, die über uns hinwegrollte wie ein zum Stillstand gelangtes Meer, wie ein irdischer Sturm, der die letzten Wrackteile eines okzidentalen Schiffbruchs hin- und herwarf.

Clotilde ... dieser alte Name entzückte mich; er glich ihr, wie sie selbst einer dieser Turmspitzen von Sainte-Clotilde glich, schlank, licht, wo das Blau des Himmels durchschimmerte.

11

Die Jagd, und zwar zu jeder Saison, denn eine Jagderlaubnis war noch unbekannt, der Thunfischfang zu Sommerbeginn, das Baden im Meer, der Besuch der Souks mit Feilschen, das Wochen dauerte, die morgendlichen Ausritte, zur Abwehr der Fliegen den

Schwanz der Stute in der Hand, bildeten den Alltag unseres Lebens. Wir brachen zu früher Stunde auf und kehrten zur Mitte des Tages zurück. Die Pferde erwarteten uns, Schaumbärte vorm Maul, wenn man sie besteigt, aber friedlich wie angebundene Esel, wenn man sie laufen läßt. Wir galoppierten von einem Beduinenzeltlager zum anderen über diese breiten Sandpisten, im Winter so morastig, daß wir Geysire von Schlamm aufspritzen ließen, aber beim ersten Sommerwind so hart wie gebrannter Ton. Das Licht drang uns bis in die Seele; die wilden Blumen liefen Sturm gegen die Stadt; jeder Monat trug eine Woge heran und lieferte in der gleichen Zeit unseren Gewehren eine Woge von Zugvögeln; im Februar die Narzissen und die Kiebitze, im März die Schwertlilien und die Regenpfeifer, im April die Ringelblumen und die Wachteln, im Mai die Turteltauben und die Rosen.

Von Osten oder von Westen, der Wind hörte nie auf; wütend schlug er Haken mit der Rechten oder der Linken, und wenn für einen Augenblick Ruhe einkehrte, war dies ein unerklärlicher Vorgang; verkrüppelt, geduckt, die Bäume konnten es nicht mehr ertragen; die Kuhreiher flogen auf wie Blütenblätter der Magnolie; selbst die Störche wurden davongetragen, leicht wie ein Strohhalm, mit herabhängenden Beinen; die Lerchen, von einer unsichtbaren Feder angetrieben, verharrten in der Luft, die Flügel angelegt und lachend wie kleine Mädchen, die gekitzelt werden. Der Wind war so heftig, daß die massivsten

Mauern wie Weidengeflecht aufstöhnten und die Rauchschwaden auseinandergerissen auf die Dächer zurückfielen, ohne das geringste an den Himmel geschrieben zu haben.

12

Wir trieben in der Mitte dieses Tiefdrucks, den der Zusammenprall gewaltiger ozeanischer und kontinentaler Luftströme bewirkt. Wenn der Wind nachließ, wurde uns schwindlig, als fehle plötzlich ein Element. Wir überließen uns diesem täglichen Orkan, der immer mit der Sonne begann und mit ihr aufhörte.

Wir ließen uns zu unserem noch fernen Schicksal mitnehmen, bis zum Hals im Glück.

Die Freiheit sinnlicher Ausschweifungen und die ungetrübten Sünden blendeten mich. Ich war unbeschwert. Niemals hatte ich gehofft, unbeschwert zu sein; das war eine große Überraschung und ein lebhaftes Vergnügen. Ich glitt über Ströme aus Milch und Honig, abgestumpft durch den blauen Himmel, aufgelöst in dieser schwelgerischen Lebensweise.

13

Dieser Frieden hatte in einer Welt des Umbruchs keinen wirklichen Bestand. Hin und wieder gelang es mir, dunkel zu erahnen, daß irgend jemand oder irgend etwas mir eine Falle stellte. »Das Leben ist nicht freigebig«, dachte ich, »man kann ihm das Glück entreißen, aber es schenkt es einem nicht von sich aus.«
Die Sonne oder der Mond, die durch die Ritzen unserer Jalousien eindrangen, schnitten an der Wand goldene oder silberne Posamenten zu, die ein wenig zu üppig, zu schön, also unbehaglich für meinen Puritanismus waren. Da ich sie zu lange betrachtete, konnte ich sie nicht mehr ertragen, ich drehte ihnen den Rükken zu. Ich war aufgewachsen in dem über sich selbst beschämten, gut angelegten, dürftigen Reichtum der Bonne Société Protestante; das Unverdiente, die am Stück gebratenen Lerchen beunruhigten mich; ich hatte den Eindruck, bei jeder Gelegenheit ungedeckte Schecks zu unterschreiben; ich wußte, wenn man nur in die Hände zu klatschen braucht, um eine Platte hereingetragen zu bekommen mit allem, was man sich wünschen kann, dann bringt sie der Satan. Vorahnung oder uralte Überlebenskunst?

Das Zerreißen nordischer Nebel endete damit, daß sie in Fetzen dahinschwanden. Mein Herz floß über, mein Körper nahm seine Ausschweifungen ohne Hintergedanken; ich gab mich einer wundersamen Verblüffung hin, gepackt von der Hitze wie andere von der Kälte.

14

Es war nicht so, daß Clotilde von mir Besitz ergriff, im Gegenteil; denn sie hatte meinen Schuhmacher, meinen Möbelhändler, meine Garage, meine Alkoholmarken, meine Freundschaften und Abneigungen übernommen. Ich kommandierte das Gespann. (Aber kann man von einem Paar sprechen, wenn es nichts zusammenzufügen, von einem Gespann, wenn es keine Last gemeinsam zu bewegen gibt? Unser Leben war eher ein freier Galopp, Seite an Seite.) Ich bestimmte den Ablauf des Tages: wir würden einen Berberreifen fürs Fußgelenk kaufen, einige alte Teller aus gelbem, auberginefarbenem, grünem Ton ausfindig machen.

Wir galten fast offiziell als Liebespaar; wenn ein Lieferant bei einem von uns vor verschlossener Tür stand, brachte er die Ware zum anderen mit dieser vollkommenen Ungeniertheit, die die Gewohnheiten des Orients so annehmbar macht. Außerdem hätte sich verstecken wenig genutzt in diesem kleinen Ort, der nichts gemein hat mit der Großstadt, wo ich heute meiner Wege gehe.

15

In jenen Jahren waren die Konsulate noch das Herz der Residenz, politischer, kommerzieller, juristischer, mondäner Mittelpunkt; jeder Konsul machte seine Runde, ihm voraus sein Dragoman, ein goldbetreßter Dolmetscher, der mit Hilfe eines Tambourmajorstabs die zerlumpte Menge auseinandertrieb. Der Hauptplatz, seit neuestem »Friedensplatz« genannt, mit seinen Cafés und seinen Schuhputzern versammelte die Beschäftigung, besser den Müßiggang dieses Miniatureuropas. Die jüdischen, portugiesischen Wechsler aus den benachbarten Wüstenforts hatten noch keine eigenen Häuser; sie saßen am Rand der Gehwege, um Handel zu treiben, und ließen am Kantstein das alte Hassansche Münzgeld klimpern; die ganze Straße tönte davon wider. Auf dem Rücken eines Mulis begaben sich die Damen zu den abendlichen Empfängen, ihnen voraus ein Fackelträger, und jedes Haus bot ihnen vor dem Eingang einen Tritt zum Absteigen. Die Affen in den Bäumen beschädigten die ersten Telefondrähte. Man errichtete Häuser in Stampfbauweise oder aus getrockneten Lehmziegeln; Eisenbeton war noch unbekannt; nur die Balkone waren aus Holz, oft aus Wrackteilen; mancher Balkonvorbau war früher eine Bugspitze unserer Trafalgarflotte. Der Großhandel wurde noch mit Geldsäcken abgewickelt, mit so schweren Talern, daß zum Transport Büffel notwendig waren. Die Bastonade war nach wie vor üblich, genau dieselbe wie in Voltaires Romanen; das Gefängnis in der Kasbah war eine Touristenattraktion; man sah sich die Verurteilten an, deren Halseisen an der Mauer angeschweißt waren und die von Almosen lebten; der Blick verlor sich in der Tiefe eines langgestreckten Saals mit mächtigen Pfeilern, vergleichbar den byzantinischen Bädern in Stambul, mit gekreuzten Gitterstäben, wo die Gefangenen, den Mund an der Erde, das verschlangen, was ihnen als Essen hingeworfen wurde. Eine Bar, ein Bordell, eine Familienpension verkörperten die Zivilisation. Kein Spekulant dachte daran, Dünen aufzukaufen, die niemand haben wollte. Ich schoß dort Rebhühner, wo fünfundzwanzig Jahre später das Gebäude meiner neuen Bank sich erheben sollte. Das einzige Hotel vor Ort wurde von Marseillern betrieben, deren betagte Eltern sich daran erinnerten, Henri Regnault beherbergt zu haben. Auf dem Platz lieferten sich Reiter eine der bei romantischen Malern so beliebten Fantasias; am Stadttor schlugen sich Derwische ein Nagelbrett an die Stirn und tränkten das Brot, das man an sie verteilte, im eigenen Blut.

Davon ist nichts mehr geblieben. Wie Jeremias im Anblick des zerstörten Jerusalem fange ich an, in Klagen auszubrechen über die Ausdehnung und die Bautätigkeit dieser Stadt, das ist lachhaft. Diese Äußerungen klingen nach dem »Damals« der Großväter; die amerikanischen Limousinen mit verglaster Seitenfront haben die struppigen Esel ersetzt; ein üppiger Wuchs von Klatschbasenmasten und Quatschantennen ragt überall empor, man hat mir heute Eiscreme, die aus einem Sodasiphon herausspritzt, angeboten, und unterwegs begegnete ich nicht mehr dem alten schwarzen Wasserträger mit seinem Schlauch aus Bocksfell, mit den Kupferglöckchen an den Haarflechten; bei der Ankunft hat mich niemand mehr mit Duftkügelchen beweihräuchern wollen; ich habe keine Dragomane mit klugen Augen mehr gesehen, die, in lange pistazien- oder lachsfarbene Kleider gehüllt, am kleinen hölzernen Landungssteg warteten, an dem die Boote anlegten, welche die weit draußen von Bord gegangenen Passagiere, die noch bleich vom Überwinden der lebensgefährlichen Brandung waren, an Land brachten.

16

In dem Vierteljahrhundert, das seit jenem Winter bis heute vergangen ist und das durch die Beschleunigung der Weltgeschichte noch weiter zurückliegt, sind meine Wunden verheilt; sie waren gräßlich: ich werde versuchen, sie so zu zeigen, daß ich den Abscheu derer, die diese Zeilen lesen, nicht auf mich ziehe. Es bedurfte des herannahenden Alters und der unvorhergesehenen Zwischenlandung am Rande Afrikas, daß ich mich zum Sprechen entschließe.

Diese Worte werden überraschen, so wenig passen sie zu dem, was ich gesagt habe über die beschauliche Zufriedenheit, worin ich badete; sie sind sogar so offensichtlich verkehrt, daß man sie bei den Bekenntnissen eines verliebten Mannes nicht vermutet.

Meine enge Verbindung mit Clotilde, unser faules und bequemes Leben, dieses Dasein Wange an Wange schienen unschuldig und unbeschwert; in der Tat trug dies alle Gefahren der Trägheit und des Nichtstuns in sich. Die beruhigende Wirkung des gemeinsamen Lebens ohne Zeugen, ohne Sorgen, ohne Uhren, die dieses Bild zweier unbeschäftigter Wesen zeichnet, die sich angenehm miteinander arrangieren, ist nur körperliche Behaglichkeit und verdient kaum den Namen Liebe.

Das war es noch nicht; das war nur Glück.

17

»Woran denken Sie?«
»An nichts.«
»Und du?«
»An nichts.«

So klang die verständlichste unserer Unterhaltungen. Der geläufigste Satz unter Verliebten, Abbild der luftigen Leere, in der sie sich gemeinsam befanden. Wenn ich unsere alltägliche Ruhe beschreiben will, komme ich nicht um diese beiden Sätze herum, die alles besagten: »An nichts.« Unsere Verbindung war ohne jedes Mitteilungsbedürfnis, wir wohnten miteinander nur im Schweigen.

Clotilde schob ihre Schulter unter meine Achsel und drückte sich an mich, wobei sie wiederholte: »An nichts.« Ihr stilles Wesen schloß sich über diesen kargen Wörtern.

Unsere ständige Träumerei konnte kein besseres Motto haben. Dieses Nichts übersetzte unsere köstliche Langeweile. »Ich liebe es, mich zu langweilen«, sagte sie. Wir kosteten sie aus, diese Langeweile, weil sie für uns keine war. Gedankenlos kaufte sie Bücher, legte sie aufgeschlagen auf die Knie, hörte jedoch nach der ersten Zeile mit dem Lesen auf, wenn nicht von ihr oder von ihren eigenen Problemen die Rede war; für Frauen sind Bücher nur ein weiterer Spiegel. Über das Gedruckte hinaus blickte Clotilde in das Unbestimmte der unsichtbaren Dinge. Der geträumte Roman überlappte den anderen.

»... An nichts ...«

18

Ich hatte unserer Gemeinsamkeit nur eines vorzuwerfen, das war die Tatsache, daß wir den üblichen Hausstand hatten und wir damit einer dieser offiziösen Liaisons glichen, die in den großen Städten akzeptiert sind. Es ist wahr, daß ich ein bestimmtes, in meinen Augen stets notwendiges Äußeres schätzte, vor allem in kleinen Städten; dieses Wohlverhalten ersetzt für die illegitimen Paare die Tugend; auch der Ehebruch hat seine Konventionen.

An Clotilde schätzte ich ihre zurückhaltenden Gesten, ihren vernünftigen Geist, ihre geschickte Zurückgezogenheit, ihre Gabe für den richtigen Ton. Beim Tee, beim Golf fand man sie vornehm, das heißt, sie ähnelte den anderen. Durch diese Selbstbeherrschung fehlte es ihr an Ausstrahlung. Vielleicht habe ich das auch zu sehr gewünscht; aber man kann nicht leidenschaftlich und gut erzogen zugleich sein.

Clotilde bemühte sich selten um genaue Wortwahl. Die Magerkeit ihrer körperlichen Statur fand ich in ihrer geistigen wieder, bei der man manche Umrisse, aber wenig Linie erkennen konnte. Sah man sie auf ihrer Terrasse, so bewahrte ihre Silhouette etwas Unscharfes, anstatt sich klar vor dem blauen Himmel abzuzeichnen; selbst ihre Stimme war schwach, jedoch von hübscher Wandlungsfähigkeit; sie war sich ihrer nie sehr sicher, wie ein Sänger, der sich an eine zu hohe Note heranwagt. Alles zusammen schloß nicht eine gewisse Gefühllosigkeit aus; Clotilde war sehr Herrin ihrer selbst; wenn etwas sie störte, legte sie eine ausgesuchte Höflichkeit, eine erschreckende Anmut an den Tag, aber etwas wie aufblitzender Stahl huschte über ihre wenig ausgeprägten Gesichtszüge.

Einst schütteten die Liebespaare einander mit einem Reichtum an Nuancen ihr Herz aus, wovon das Theater mit seinen notwendig synthetischen Aussagen ein letztes Zeugnis ablegt; ein großer Wortreichtum seit der Romantik erlaubt dem Helden, in drei Akten drei Vorträge über sich selbst zu halten. Aber wie soll man die heutigen Liebespaare auf die Bühne bringen, die mit dem Vagen, den unausgereiften Gedanken, dem Wiederkäuen von Tabak und Alkohol und dem Radio im Hintergrund leben, die im Nichtmiteinanderreden einen Dialog von Taubstummen verfolgen, der im übrigen auch seine Größe hat. Ihre Lippen öffnen sich nur für die Tat.

Clotilde gab sich mit einer natürlichen Zurückhaltung hin, die meiner angeborenen Unbeholfenheit, meinen spartanischen Gewohnheiten sehr entgegenkam.

19

Ihre guten Manieren hinderten meine Mätresse nicht daran, mich zu lieben. Es gibt immer einen der beiden, der den anderen mehr liebt, zumindest der als erster liebt; das war sie; ich kann es heute ohne Eitelkeit sagen, denn es war so.

Vor allem weil es in der Folge das Gegenteil war.

Dieses Hin und Her ist mein Drama gewesen.

Ich hatte Kraft für die Liebe; wie die Muslime morgens, mittags und abends ihr Gebet verrichten, verrichteten wir die unseren im selben Rhythmus, und der Gesang des Muezzin, einziger Augenblick, wo die arabische Stimme nicht rauh klingt und wo der herrliche Ruf gegen einen stummen Himmel aufsteigt, begleitete oft unsere irdischen Schreie. Ich schlief nach dieser gelungenen Leibesübung ein; war die Sache zu Ende, dachte ich nicht mehr daran.

20

Ich könnte den Zeitpunkt genau benennen, an dem diese Sorglosigkeit allmählich schwand. Es war am Tag des Hammelfestes.

Ich hielt meine Siesta, als irgendeine Störung mich aufweckte; langsam wandte ich den Kopf zur Seite, um Clotilde nicht zu wecken, die ich hinter mir auf ihrer Chaiselongue schlafend wähnte.

Sie saß kerzengerade da, erstarrt, sich selbst entfremdet: sie lächelte nicht, aber sie hatte gerade gelächelt, denn ihr Mund stand noch offen und ihre Mundwinkel waren nach oben gezogen, was dem Gesicht einen ungewöhnlichen Ausdruck verlieh; durch die fast geschlossenen Lider leuchtete ein Meergrün auf, das ich zum ersten Mal sah; ihre Pupillen spielten oft ins nuß-, türkis- oder topasfarbene; jedoch nie in dieses einzigartige Grün. Clotilde hatte starre Augen und war angespannt, als wolle sie jeden Augenblick aufstehen und irgendwohin rennen.

»Woran denkst du?«

Sie zuckte zusammen.

»An nichts.«

Mich überlief ein sonderbarer Schauer. Die Engländer sagen dazu, »fühlen, wie jemand über das eigene Grab geht«. Die Gewißheit ruhigen Glücks, in der ich lebte, ohne mir dessen bewußt zu sein, wurde mir in dem Moment gegenwärtig, als etwas Fremdes dort eindrang. »Nichts...«

Es gibt kein »Nichts« in der Liebe.

Clotilde verbarg vor mir ein Geheimnis, einen Kummer, einen unbekannten Schmerz. Ich war beunruhigt; wie lieb und teuer war sie mir geworden!
Ganz allmählich hatte sie von meinem Leben Besitz ergriffen.

21

Was folgte, ist nur schwer zu beschreiben, da die Stufen, die ich hinabstieg, kaum wahrnehmbar waren.
Ich hatte mich nie mit Clotildes Gedanken beschäftigt; ich hielt sie für einen Widerschein der meinen; oft erkannte ich ganz nebenbei meine eigenen Ideen. Wie alle verliebten Frauen lernte sie durch Osmose.
Ich glaubte mich selbst zu spiegeln.
Meine Einfalt war grenzenlos.
Ich hatte mich nie zuvor gefragt, ob Clotilde vor mir andere Liebhaber besessen hatte, wenngleich die Leichtigkeit, mit der sie mir nachgegeben hatte, das hätte vermuten lassen müssen ... Immer wenn ich mir ein klareres Bild von meiner Mätresse verschaffen wollte, dachte ich zunächst an ihren Ehemann. Wer war er? Liebte er sie? Wie hatte er sie genommen? In keinem Augenblick wagte ich, Clotilde diese Fragen zu stellen; eine solche Einmischung wäre mir undenkbar vorgekommen; in der Liebe war ich solide, leidenschaftlich, geradlinig; nie besessen, neugierig oder ein Schnüffler; Inquisition im

Namen der Liebe war in meinen Augen der Gipfel an Taktlosigkeit.

Auch als die Notwendigkeit, etwas zu wissen, in mir wuchs, zog ich meine Erkundigungen außerhalb ein.

Sie führten zu nichts. Rund um das, was einem zu wissen am Herzen liegt, entsteht immer eine stumme Verschwörung, bei der die Dümmsten listig werden und die Schwatzhaftesten verschwiegen. Ich ließ den Mut um so schneller sinken, wie meine angeborene Schüchternheit mir jede Frage an dritte als peinlich erscheinen ließ.

Dieser ferne, unsichtbare Ehemann fing an, mir keine Ruhe zu lassen; Clotilde hatte eine Art, nicht darüber zu sprechen, die nur Schlechtes bedeuten konnte ... Aber gab denn diese Stummheit nicht mehr preis als uneingestandene Reue? Vielleicht verdankte sie ihm viel, zu viel? Hatte sie von ihm diese elegante Lebensklugheit? Es bedeutet, in eigenartige Dornen zu treten, wenn man in die Vergangenheit zweier Wesen eindringen will, von denen das eine völlig unbekannt ist. Aber der Drang, etwas in Erfahrung zu bringen, trieb mich an: ich war aufmerksam und geduldig; zu gern würde ich die verstreuten Knochen einsammeln, um auf diese Weise das Skelett einer vergangenen Ehe wieder zusammenzusetzen.

Der Zufall kam mir zu Hilfe; ich entdeckte ein zurückgelassenes Jackett hinten in einem Schrank von Clotilde. Ein Anzug in einer Kleiderablage gleicht einem aus dem Wasser gezogenen Ertrunkenen. Dieses gespenstische Stück hatte einen Mann gekleidet, der viel größer war als ich, der längere Beine hatte und der gut gebaut war; der Fall der Schultern, die Lässigkeit der leeren, platt gedrückten Ärmel ließ einen verzweifelten Chic zutage treten; die aufgesetzten und ausgebeulten Taschen verrieten die Vernachlässigung, die Verleugnung physischer Gegebenheiten. Langsam konnte ich mir den Körper vorstellen, aber wie das Gesicht beschreiben? Ich durchwühlte die Taschen; in einer fand ich einen alten Ausweis und eine Einkaufsliste.

Ich lief durch die Stadt, kaufte ein graphologisches Handbuch, einen Abriß der Physiognomie, dann schloß ich mich bei mir ein und begutachtete meine Beweisstücke. Zunächst studierte ich die Handschrift der Besorgungsliste und des an Clotilde adressierten und in Wladiwostok abgestempelten Briefumschlags, in dem die Liste steckte. Das Handbuch neben mir, wollte ich so schnell wie möglich die schlimmsten Hinweise aufdecken; von diesen Grundstrichen ohne Schärfe ging das Bild eines ungestümen und heuchlerischen, brutalen und unaufrichtigen Wesens aus: ganz sicher ein Neurotiker; vielleicht ein Verrückter? Und dieser Verrückte hatte Clotilde die Pfade der Liebe eröffnet! Mit trockenem Mund musterte ich genau diese blödsinnigen Buchstaben, die gar nicht zum sportlichen Jackett, zum athletischen Körper paßten. Ich stürzte mich auf das Ausweisfoto; aufgenommen im grellen Licht eines anthropometrischen Labors zeigte es ein sanguinisches Gesicht, erschöpft von Ausschweifungen: die verwegene Nase, der vollippige Mund, der tiefe Haaransatz auf der Stirn; Luchsaugen durchbohrten diesen verblaßten, wie mit sibirischem Schnee bestäubten Abzug. Alles deutete auf heftigste Sinnlichkeit. Hatte Clotilde unter dem Zwang dieses durchtriebenen Gebieters Erfahrungen gemacht, die ich sie nicht habe vergessen lassen können?

Ich, der ich mein Leben vorgezeichnet hatte wie einen Grundriß, gelobte mir, es selbst zu bereichern mit allen Geheimnissen des Fleisches.

22

Meine Gelüste abmessend, beschloß ich, eine ganze Woche, eine völlig abgeschiedene Woche der Pflege einer vollendeten Sexualität zu weihen. Dieser Sport der Armen wurde unsere aus Einsamkeit und Müßiggang herausgefilterte Droge, der einzige erlaubte Ausgang für uns zwei Gefangene meines Schwurs, sich vor der Welt einzuschließen. »Der vollkommenen Liebe nachgehen«, diese Formulierung verfolgte mich; ich vernahm einen herrlichen Ton, sehr leise angeschlagen und im forte endend, das Auseinanderziehen einer langen goldenen, bis zum Reißen gespannten Seidenschnur. Ich mußte die Liebeserfahrung von uns beiden bis zu diesem herrlichen Endpunkt führen. Ich sah vor mir eine Art wundervollen Wettstreit, bei dem der Diwan der Turnierplatz wäre, wo es mir in der Zurückgezogenheit gelänge, in gleicher und andauernder Weise unsere Gefühle zur Ekstase zu führen.

Clotilde war damit einverstanden; als sie meine Erregung verspürte, drückte sie sanft meine Hand; man hätte sie für ein neugieriges und verschämtes Mädchen halten können, deren Sinne noch schlummern und das sich zum Liebesspiel verleiten läßt.

Einverstanden ja, aber nicht entzückt. Ich gab ihr das, was die Pastoren jung Verheirateten als Rat mitgeben, wenn sie von der »Befriedigung, auf die eine Frau ein Anrecht hat«, sprechen. Konnte ich sagen, daß sie kalt in meinen Armen lag? Ihre brennenden Wangen, ihre feuchten Lippen, ihre Antworten auf meine Wünsche widersprachen dem. Und dennoch...

23

Die Fatma, die Zugehfrau, stellte uns das Essen vor die Tür, der Briefträger schob die Post meiner Bank darunter durch. Der Telefonhörer war abgehängt. Wir standen nicht mehr auf, festklebend in unserem Geruch wie im Schleim einer Kröte. Wir kannten unsere Körper auswendig; im Dunkeln betasteten wir sie in all ihren Einzelheiten wie Blinde die Brailleschrift. Unsere Laken waren schwer von der Kohlensäure unseres Atems; die einzige Luft, die ich atmete, war die von Clotilde; sie hatte noch den köstlichen Odem ganz junger Wesen.

Mir drehte sich der Kopf, während auf die Nacht das Sonnenlicht folgte, ohne daß wir es bemerkten. Die Tage vergingen wie im Traum, wie in alten Filmen, wo der Wind die Kalenderblätter abreißt; diese Zeiteinteilung hatte für uns keinen Sinn mehr; wir hatten sie ersetzt durch unseren eigenen Rhythmus.

Ich habe nur noch eine dunkle Erinnerung an jene Tage der freiwilligen Einschließung, aber eine sehr lebendige an das blendende Licht, das von der Terrasse reflektiert wurde und mir in die viel zu empfindlichen Augen stach. Das Halbdunkel, dann die Dämmerung, dann die Sonne der orangefarbenen und grünen Himmel, die wir im Westen zurückließen, ehe wir sie sehr bald im Osten wiederfanden, folgten auf die Sterne, auf das Aufblitzen des Leuchtturms, auf einen gewaltigen Mond, das Angesicht eines Gehenkten.

Hin und wieder Wolken, Gewitter rissen an unseren bloßliegenden Nerven. In der Bitterkeit, die dem Nachlassen der Zeugungskraft folgt, tat mir alles weh, natürlich die Lenden, aber auch der Nacken, die Muskeln. Jedes Organ, vom Aneinanderreiben gereizt oder geschwollen, wurde zu einer Stelle des Schmerzes. Unsere Bettdecke war geschwärzt von Zigarettenasche, rot gefärbt von Lippenstift, gelb gefleckt von Frühstückseiern, verschmiert von Marmelade.

Ineinander verschlungen umwanden wir uns während dieser wie ein Jahrhundert dauernden Woche wie Weidengeflecht. Wir blieben so liegen, außerstande, uns zu erheben, uns loszulassen, uns vom anderen frei zu machen, wir waren zu Fleischklammern, Schröpfköpfen, Infusorien eines elementaren Unbewußtseins geworden. Unser Organismus funktionierte nur noch aus Gewohnheit. Wir vollendeten nicht mehr unsere Gesten: unsere Gesten vollendeten sich von allein. Das Berühren war nicht weniger schmerzhaft als alle anderen Gefühle; die kleinste Liebkosung ließ uns von nun an mit den Zähnen knirschen. Auch entsprang dieser Erschöpfung kein körperlicher Rausch mehr; es handelte sich nur noch um eine Art verborgener Hartnäckigkeit, bald klar, bald trübe, Wechsel von Begierde und Ekel, was nur noch einen sportiven Reflex auslöste. Ich mußte in Erfahrung bringen, was am Ende eines solchen Besessenseins von der Liebe steht. Aber unser Bewußtsein wurde immer weniger klar, und das Ende verzögerte sich immer mehr.

Diese Müdigkeit endete bloß in einer außerordentlichen Trübung, vergleichbar der dunklen Nacht von Mystikern, in einer Abtrennung von Clotilde, die sehr viel schmerzhafter war, als wenn sie sich verweigert hätte.

24

Die Lider Clotildes waren blau geworden. Sie war abgemagert; die liegende Position, die mangelnde Bewegung nahmen ihr ich weiß nicht was an Künstlichkeit, die ihr die aufrechte Haltung, die artifizielle Pose des gesellschaftlichen Lebens, verlieh, und gaben ihr die Aura eines zusammengerollten, beunruhigend entspannten Tiers, was ihre zerstreute Miene verstärkte.

Sie wurde mehr Tier als Frau.

Seit geraumer Zeit, seit Stunden hatten wir keine Lust mehr aufeinander. Warum so liegen bleiben? Welch stumpfsinniger Marathon! Nichts hatte mehr Sinn; die Lampe brannte ununterbrochen, tagsüber wurde es tropisch heiß, und wir hätten es viel besser am Strand gehabt. Wir hatten das Stadium der Befriedigung, sogar der Sättigung überschritten.

Ich täuschte ein Wohlbefinden vor, das ich nicht mehr verspürte. Zu schamhaft zu sagen, daß mir das Bett zu lange angedauert hatte, daß ich genug vom Sichsäubern mit der Zunge hatte, sehnte ich mich jetzt nach Weite, nach klarem Wasser, um mich von dem schmutzigen Plankton zu befreien, worin wir marinierten.

25

Warum verblieb ich so, ohne mich zum Aufstehen zu entschließen? Ich hätte es nicht klar zum Ausdruck bringen können. Zwischen Clotilde und mir empfand ich eine Art geistiges Defizit, das ich nicht auszugleichen vermochte. Diese so gut ausgefüllten Stunden, die uns in ihrer Häufung näherbringen sollten, schienen uns voneinander zu entfernen. Vergeblich legte ich mich auf sie (die scheinbar Mageren sind wahre Luftmatratzen), umschlang sie so eng, daß nicht mehr der kleinste Raum zwischen unseren Körpern bestand, sie kam mir immer weiter entfernt vor. Ich stellte mich extrem geschickt an, ich erfand neue Liebestechniken, ohne daß es mir gelang, mehr als kurze Schauer bei ihr zu bewirken.

Manchmal richtete sie ihre gesprenkelten Augen auf mich, die plötzlich schwarz wurden. Ein Schimmern ging von ihnen aus, das aufsteigenden Bläschen in Champagnerkelchen bei Kerzenschein glich. Sie wollte scheinbar etwas sagen. Dann war es vorbei. Die Mühe, mit der sie versuchte, ihre Worte zurückzuhalten, verkleinerte ihren Mund. Es gab keinen Platz für zwei auf jenem Weg, auf dem sie sich befand.

Wer sie damals gesehen hätte, hätte sie für überglücklich gehalten. Der ungezwungene Blick, den ich von ihr auffing, beruhigte mich. Ich hielt mir zugute, nett gewesen zu sein, wußte aber noch nicht, daß Liebhaber nie nett sind. Doch vor meinen Augen eine abgezehrte, hohlwangige Clotilde, deren Arme von meinen Lippen blaue Flecken bekommen hatten, nachgiebig wie das Kissen, in dem sie eine zwecklose Schönheit vergrub, die mich von unten mit Augen anblickte, die kaum mehr die Kraft, sich zu öffnen, hatten, die aber nicht die Augen waren, wie ich sie mir gewünscht hätte.

26

Ich war Novize, aber nicht so sehr, daß ich nicht zu unterscheiden wußte zwischen einer Frau, die sich nehmen läßt, und einer, die sich hingibt; Clotilde gab sich hin; ich empfing ihr Stöhnen, es war das letzte, ein Quieken kaum stärker als die vorangegangenen Laute; es entschlüpfte ihr wie ein Bedauern, und sie fing sich wieder sehr rasch, darüber errötend, was ich für schamhafte Lust hielt.

Ein Mann, der die Frauen besser kennt, hätte sich davon nicht täuschen lassen; er hätte diesen Mund voll unterdrückter Schreie gesehen, diese von zurückgehaltenen Tränen übergroßen Augen; im Anblick des geschwollenen Halses, der müden, aber noch suchenden Lippen, auf die sie sich biß, hätte er erraten, daß Clotilde erstickte. Er hätte die noch immer aufgerichteten Spitzen ihrer Brüste gespürt; er hätte die heimliche Bewegung des Beckens bemerkt, die unbewußt war (Clotilde hätte sie sonst unterdrückt); er hätte diesen unbestimmt abwartenden Blick verstanden.

Ich wußte nicht, daß Bettlaken ein eiserner Käfig sind, in dem das eine der miteinander kämpfenden Insekten das andere verschlingen soll, ein Kleinkrieg ohne Pardon, ohne Gnade, voller Überraschungen und Abwehrschläge, bei dem sich jede Stunde die Gesichter des Kampfes ändern, kurz, daß nichts weniger natürlich ist als der fundamentale Akt der Natur, denn die Wirklichkeit mündet im Traum und das Geschlecht im Gehirn, seinem Meister.

Ich kannte nur das Antlitz der Liebe; ich sollte ihre Fratze sehen.

27

In einer Mondnacht verspürte ich meinen ganzen Körper entlang ein beharrliches Streicheln, begleitet von einem gedämpften Murmeln.

Clotilde regte sich oft lebhaft im Schlaf, träumte manchmal recht laut; ich hatte mich daran gewöhnt und ihre Bewegungen störten nicht mehr meinen Schlummer; aber seit einiger Zeit versetzte mich alles, was meine Gefährtin tat, in Alarmbereitschaft. Statt sie aufzuwecken, um sie aus ihrem Alptraum zu befreien, gab ich vor zu schlafen und schob sanft den Kopf ganz dicht an ihren, um besser das himmlische Spiel dieser Miniaturorgel, die die menschliche Kehle ist, zu hören.

Der Sinn dessen, was sie sagte, entging mir zunächst: die Worte preßten sich zu kurzen, noch unverständlichen Sätzen zusammen; dann flossen sie ineinander zu einem verblüffenden Monolog. Clotilde drückte die Beine fest gegeneinander wie eine Arbeiterin an der Nähmaschine, die sich dem Rhythmus des Pedals anpaßt, bis sich ihre Wangen färben, um dann wieder zu erbleichen ... Starren Blicks spielte sie mit ihrem eigenen Körper und erzeugte in wilder Inbrunst mit den Enden der Fingernägel schrille, langgezogene Töne. Gleichzeitig klebte sie an mir fest; und dennoch bat sie mich um nichts; es schien, als brauche sie ein wenig menschliche Berührung, menschliche Wärme (aber könnte ein Tier nicht dieselbe Aufgabe übernehmen?), um sich in Bewegung zu versetzen. Ich war die fleischliche Grenze, von der sie aufbrach in ein fremdes Land und mich erstarrt zurück ließ. Sie blickte mich an, ohne mich zu sehen, wie diese nach innen gekehrten Geisteskranken, die sich der äußeren Welt verweigern.

Sie spielte eine unsichtbare Szene, dicht neben mir.
Ich flüsterte ihr ganz leise zu:
»Clotilde, was machst du da?«
»Ich erzähle mir Dinge ...«
»Welche Dinge?«
»Verrückte Dinge.«
»Sag sie mir.«
»Nein.«

Objekt der Lust, hatte ich aufgehört, für sie da zu sein. War ich es jemals gewesen?

Diese Woche der ermüdenden Einschließung, weit entfernt davon, sie mir zu schenken, zog sie in eine dunkle Welt hinab, wo für sie ein Verlangen ohne Ende begann, das dem meinen zuwiderlief.

Clotilde schwieg auf einmal, halb ohnmächtig, den Mund offen wie eine Sterbende und mit Augen, die ich nie zuvor gesehen hatte.

Die Entdeckung einer entrückten Unbekannten, die ein unergründliches Herz offenbarte, zerschmetterte mich. Eine Welt unterdrückter Gedanken beherrschte meine Gefährtin und verwickelte sie in eine

Lust, gegen die jene Lust, die ich ihr bot, nur ein armseliger Abklatsch war. Abscheuliche Gedanken in grotesker Abfolge, die ich hier nicht wiederzugeben vermag...

28

Bei Tagesanbruch stand ich auf, rannte zum Meer, warf mich hinein, schwamm länger als eine Stunde, kehrte in mein Büro zurück.

Ich sank in einen Sessel und fiel in tiefen Schlaf.

Beim Erwachen hatte ich den Eindruck, geträumt zu haben, wenn nicht alles, dann zumindest den größten Teil der nächtlichen Szenerie. Ich gab mir die Schuld, schonungslos; meine unverzeihlichen Experimente hatten Clotildes Gefühle aus der Bahn geworfen; etwas hatte sie verrückt gemacht. Es galt, so rasch wie möglich diesem amoralischen Versuch ein Ende zu setzen, alles zu vergessen, sich wieder dem Leben zuzuwenden.

In der Tat gewann unser Zusammenleben mit seinen Abenden ausgedehnter Zweisamkeit seine gesunde Entspannung zurück. Die Ränder des Spalts hatten sich wieder über dem geschlossen, was ich am liebsten als einen flüchtigen Traum abgetan hätte. Mir war klar, daß die Vereinigung unserer beiden Wesen nicht zu Ende war... Aber tief in mir war ich nur zur Hälfte der Betrogene. In einer Mondnacht hatte ich erfahren, daß Clotilde weder schlicht noch charmant noch ausgeglichen war; daß sie nicht das war, was ich dachte.

Reichlich Zeit verging, wo nichts an die Oberfläche kam. Der Riß war wieder zugenäht.

Unser Beisammensein fand zur Eintönigkeit von Überfahrten zurück; die Terrasse, wie aus einem Stück Karton gestanzt, wo wir die Abende verbrachten, das Fenster des Studios wie mit dem Rasiermesser in den harten Himmel geschnitten, der von einer weißen Zeltplane mit grünen Streifen nur wenig gedämpft wurde, diese Terrasse war ein richtiges Schiffsdeck. Um diese Illusion zu vervollständigen, schob die Fatma einen Servierwagen auf uns zu, der überladen war mit Kleinigkeiten zum Essen, die eher geeignet waren den Hunger zu wecken als ihn zu stillen. Ich hätte es durchaus normal gefunden, wenn man sich an mich mit der Bemerkung gewandt hätte: *Splendid crossing, Sir.*

29

Wir gingen oft ins Kino. In Kleinstädten und in den Kolonien wird der Film zwangsläufig zu einer Vergiftung. Die aus Vorsicht oder Angst verdrängten Wallungen der Seele werden von der tückischen Leinwand unter ihrer mauerfarbenen Oberfläche unzusammenhängend freigesetzt. Die Stummfilme jener Zeit begünstigten ein Mysterium, das den Tonfilm nicht überdauerte.

Ich sehe wieder diesen Saal, so anders als die heutigen amerikanisch-maurischen Paläste. Es war eine Art langer Schlauch, blaßgelb gekalkt, buntscheckig von Westernplakaten, übervoll von Burnussen, mit freilaufenden Hunden zwischen den Sitzreihen und an den Kassenschaltern festgebundenen Eseln; die Decke öffnete sich wie ein Autodach, und durch diesen Spalt stürzten sich Millionen Sterne auf die Stars, ihre Schwestern.

Am Ende dieses schmutzigen Ganges tauchte eines Abends Jackie Coogan auf mit seinem runden sommersprossigen Gesicht, mit seiner tief über die Ohren gezogenen Schirmmütze. Es war eine zweifache Entdeckung, die der Kindheit einer Kunst und die einer Kunst für die Kindheit.

An einem anderen Abend führte ich Clotilde in einen Film, der Szenen aus einem Kinderheim wiedergab; Knirpse sprangen durch eine Tür wie ein Sturzbach durch eine Felsöffnung; Strümpfe ringelten sich um ihre mageren Beine, hingen hinunter auf grobes Schuhwerk. Ich bewunderte ihre heimtückischen Blicke, ihre obszönen Grimassen, die herausgestreckten Zungen, die Gemeinheit junger Knaben, die Promiskuität kleiner grausamer oder unterwürfiger Tiere.

Seit einigen Augenblicken verspürte ich ein Vibrieren an meinem Arm wie von einem Elektrokabel; ich beachtete es erst, als sich ein viel stärkeres Zittern auf meinen ganzen Körper übertrug. In der Dunkelheit konnte ich nur schlecht Clotildes Gesicht erkennen;

es kam mir plötzlich fremd vor, wie verdorben; das Zarte, das Anmutige war verschwunden; ich sah ein hartes Profil, zur Kinoleinwand gestreckt, einen hochgereckten, aggressiven Schlangenkopf, ein vorgeschobenes, kühnes Kinn unter einem Mund, der zum Beißen bereit war, zum Beißen in was auch immer: Clotilde, ein Raubtier im Sprung auf seine Beute.

Welchen Zwang mochte dieser Film auf sie ausgeübt haben? Welche imaginären Bilder, zauberisch oder grausam, welch himmelschreiende Malereien wurden für sie auf dieser Leinwand sichtbar, wo ich nur unschuldige Szenen sah? Ich hätte diese Frau in Trance schütteln, sie wegführen müssen, aber ich war wie erstarrt angesichts eines Schauspiels, wo ich nicht den kleinsten Vorwand für einen Orgasmus wahrnahm, und ich wurde gestreift von dieser anstößigen Raserei.

Eine Hand vor dem Mund konnte Clotilde nur mit Mühe ein Taubengurren zurückhalten; wie vom Blitz getroffen stieß sie plötzlich einen Schrei aus, der unsere Nachbarn sich umdrehen ließ.

Ich stand sogleich auf; beschämt über ihren Schrei klammerte sich Clotilde an meinen Arm und ließ sich hinausbringen.

30

Ich hätte am selben Abend eine Erklärung fordern müssen. Aber das Gefühlsleben erklärt sich am besten durch das Unbewußte, worin es seine Wurzeln hat. Vielleicht erinnerte sich Clotilde, die Tagträumerin, überhaupt nicht mehr an ihren orgiastischen Schrei.

An welchem Strick könnte man sich abseilen bis auf den Grund des Schweigens?

Und auf dem Grund angelangt, was dann? Was tun mit Clotilde?

Ich hatte vor ihr Angst, und möglicherweise vor mir selbst. Mir schien, als hätte ich eine Unbekannte nach Hause begleitet; meine Unbeholfenheit gewann wieder die Oberhand; ich fühlte mich nicht scharfsinnig genug, um die Heilung eines auf Abwege geratenen Verstandes in Angriff zu nehmen. Ich schämte mich außerdem ein wenig vor dieser raffinierten Sinnlichkeit wegen meiner unreifen Sexualität, wegen der gewöhnlichen Art, wie ich Liebe machte, im Unterschied zu dem, was vielleicht ein Kunstwerk war, wo die Inspiration zum Wunder führte.

Ich wählte den scheinbar einfachsten Weg: ich schwieg.

Gleichwohl ließ mich das Bedürfnis, dieses mir so nahe Wesen zu begreifen, seine Geheimnisse zu durchdringen, nicht in Ruhe. Ich wollte die Bilder, mit denen sie mich wie mit einem Unbekannten betrog, erforschen.

31

Und außerdem, ging es denn nur um Bilder? Hatten diese Visionen kein menschliches Gesicht? Der Traum geht in der Liebe wie auch sonst von der Wirklichkeit aus. Eine junge Frau, die allein ausgeht, allein ein Pferd besteigt, allein die arabischen Viertel durchstreift, könnte sie vielleicht nur die Lasterhaftigkeit eines überspannten Mädchens, die eingebildete Sinnenlust einer Einsiedlerin haben? Sollte die unzüchtige Raserei von etwas ausgehen, das es wirklich gab oder gegeben hat? »Das erfindet man nicht«, sagen die Leute.

Ich entschloß mich, Clotilde zu überwachen.

32

Zunächst unternahm ich nichts. Mir widerstrebte, Polizist zu spielen; zumindest lastete ich diese Ausrede meinem halbherzigen Wunsch an, die Augen zu verschließen und am Unbestimmten festzuhalten. Warum könnte ich nicht mit beiden Clotildes leben, mit der einen, die meine Wirklichkeit bewohnte, und der anderen, die die Lust erträumte und dicht vor dem Abgrund der Ausschweifungen stand? Hirngespinste sind eine andere Welt; ich würde sie meiner Gefährtin überlassen; wäre es nicht besser, sie verfiele in Selbstverliebtheit statt in Liebelei? Wäre sie dann nicht sehr viel mehr mein eigen? Und ging es um etwas anderes als um diese undurchschaubaren Geheimnisse, die ermatteten bürgerlichen Ehen dazu dienen, sich wiederzubeleben? Die Einbildungskraft mag noch so verrückt sein, wenn sie nur in den eigenen vier Wänden bleibt?

33

Wir führten dasselbe isolierte Leben, und der Umgang unserer beiden Herzen bewahrte all sein Vergnügen. Es schien mir, daß ich, durch eine bizarre Kompensation, um so weniger Anteil an ihrem physischen Leben hatte, je mehr Raum ich in ihrem moralischen einnahm; Clotilde bewies mir handfest und bei jeder Gelegenheit ihre Zärtlichkeit und ihre Achtung, wie um mir zu sagen, daß genießen und lieben bei ihr zwei Welten seien, die einander den Rücken zuwandten. Selbst wenn Clotilde sich in ihrem geheimen Traum aufs schönste offenbarte, so war dieser Traum ein Tyrann, der nicht versuchte, sich gegen mich zu verschwören, und der mich meine wunderbaren Wonnen auskosten ließ; Clotilde blieb das begehrenswerte Wesen, stets sensibel gegenüber erhabenen, auserlesenen, anrührenden Dingen, das ich kennengelernt und erwählt hatte. Und selbst bei den Freuden des Fleisches glaubte ich ihr weiterhin zu gefallen.

34

... Aber bis zu welchem Punkt ihr gefallen?

Von Natur aus nie etwas ahnend, mußte ich abwarten, um zu begreifen; was ich inzwischen blitzartig begriff, machte mir deutlich, daß ein Wesen fleischlich zu besitzen heißt, in ein Phantom einzudringen. Wenn ich Clotilde nahm, war sie zufrieden, war sie entzückt, aber sie war nicht befriedigt. Ich hatte geglaubt, sie hätte kein Temperament. Die Männer meinen, daß die meisten Frauen keines haben. Das ist die Quelle von so viel Unglück. Sie haben es alle, aber die meiste Zeit bleibt die Triebfeder unauffindbar. Es scheint, als habe die Natur eine fehlende Übereinstimmung zwischen den Geschlechtern gewollt, zwischen unserem normalen Bedürfnis nach Wollust und ihren oft endlosen Verzögerungen, vor allem genau bei denen, die wie Clotilde den heftigsten Sinnenrausch haben. Sie verlangte von Trugbildern all die Kraft, die sie von mir nicht mehr erwartete.

Ich war für ihre Befreiung erkoren, ohne der Befreier zu sein.

35

Das Spiel begann erneut. Der Teufel hielt sich im Hintergrund wie auf diesen italienischen Tellern, wo seine Fratze auftaucht, wenn alle Gäste sie leer gegessen haben. Die Beichte hat für uns Protestanten den ganzen Reiz der verbotenen Frucht. Ich legte also nicht meine Hand auf Clotildes Lippen, diese Lippen in Form eines Deltas, aus denen die schlammige Flut sich ergoß.

Wo, wann, an wen, an was lieferte sich Clotilde aus? Sie sprach ständig über die Vergangenheit, einer oft sehr nahen, aber nicht nachprüfbaren Vergangenheit, die mir zwischen den Fingern zerrann.

Zu diesem Zeitpunkt ging uns das Geld aus, was mich unvorhergesehene Arbeitsstunden kostete. Wenn ich mich außer Haus befand, weil ich in Geschäften unterwegs war oder vor Ort bei Kunden, erzählte mir Clotilde stets, daß während meiner Abwesenheit nichts geschehen sei. Aber nachts erfuhr ich aus ihrem eigenen Mund, daß sie nur allzusehr von ihrer Einsamkeit profitiert hatte.

Diese Wechselbäder von Zweifel und Gewißheit machten mich krank; aus dem Gleichgewicht geraten, jagte ich Hirngespinsten nach, stolperte über einen nackten, quer über der Schwelle zur Wahrheit liegenden Körper... Clotilde hatte den ganzen Tag zur Entspannung, doch ich arbeitete, telefonierte, lief von einer Bank zur anderen, und die Besessenheit lief hinter mir her. Mir gelang nichts Gutes mehr, ich dachte nur daran, diese Trugbilder an der Gurgel zu packen. Wie Thales von Milet zu dem nicht faßbaren Proteus hätte ich zu Clotilde sagen können: »Ich weiß, du sprichst nicht von dem Ort zu mir, an dem du bist.«

Selbst wenn Clotilde nicht über ihre virtuelle Welt hinausging, war das nicht trotzdem schlimm? Wünschen heißt bereits handeln, und das Gebäude, das Clotilde errichtete, fiel mir auf den Kopf, ein Gebäude, das sie mit ihrer Einbildungskraft erbaut hatte oder mit wirklichen Schandtaten.

Herr meiner selbst, Herr von uns beiden, ich war es scheinbar noch immer. Ich bemerkte nicht, daß ich diese Autorität langsam verlor. Ich ließ Clotilde einen Einfluß auf mich nehmen, der dem eines jungen, lasterhaften Mädchens auf einen Greis ähnelte.

Die Nacht ist das Reich der Frau; der Schatten unserer Nächte fiel auf meine Tage. Die gefährlichen Abgründe, wohin sich meine Gefährtin wagte, begannen ihre Anziehungskraft auf mich auszuüben.

36

Dieses abstoßende Erschauern, sobald sie nicht mehr in meinen Armen lag, das ich eigentlich meinem Vergessen hätte überlassen sollen, irritierte mich. Ich dachte ohne Unterbrechung daran.

Ich war verzweifelt über die Verderbtheit eines geliebten Wesens; obwohl diese ganz offenkundig ihren Sitz außerhalb des Bewußtseins hatte, war sie trotzdem eine entsetzliche moralische Erniedrigung. Ich habe erwähnt, daß ich keine unkeusche Jugend hatte; Berührungen, Träume, Kameradschaften, Zufallsbegegnungen, Tagebücher, Fotografien, auf jeder Stufe unserer heranreifenden Erotik hatte sich keines meiner Nervenzentren verändert. Es war von gesunder

Natur, was in mir Übelkeit aufsteigen ließ. Eine schmerzliche Scham gewann die Oberhand über den Zorn; eine Frau, für die eine natürliche Umarmung zu etwas Widernatürlichem geworden ist, zu lieben und weiterhin zu lieben, erfüllte mich mit Trauer und Ekel.

37

Aber ich brauchte mehr und mehr diesen Ekel.

38

Meine Erregung drang nicht in diesen Körper ein, der passiv war wie eine niedergelegte Last und in den sich jede Nacht die Quintessenz meiner jugendlichen Kraft ergoß. Ich suchte dabei weniger meine Lust als die stets flüchtige Bestätigung, daß ich Clotilde gefallen könnte, je mehr Trugbilder meinen Platz einnahmen; ich suchte dabei auch die Illusion, daß ich schließlich über sie triumphieren und nur noch meiner selbst wegen geliebt würde, wenn ich mich lange genug darum bemühte.

39

Was war es also? Eine Verirrung der Sinne oder des Geistes. Log sie? Hatte sie das alles gemacht, was sie bekannte, wenn ihre Seele rissig wurde? Diese Entweihung der Kindheit, derer sie sich rühmte, war sie die Erinnerung an erlebte Abenteuer oder eine jenseits ihres Bewußtseins geborene Einbildung?

Ich rüttelte an den Ausdrücken für dieses Dilemma wie an den Eisenstäben eines Kerkers.

40

Ich hatte gehofft, daß die geheimnisvolle Perversion schwächer werden würde. Das Gegenteil war der Fall. Nicht nur daß sie zu einem Ritual wurde, die Glut von Clotildes Hirn fing an, das meine zu erobern. Im Schändlichen entdeckte ich eine despotische Anziehung. Diese zeitweilige Anspannung, aber beharrlich wiederholt, verborgen unter der Seelenruhe gesellschaftlicher Gepflogenheiten und in dem Gleichgewicht, wo sich der ganze Rest meiner zusammen mit einem transparenten Wesen verbrachten Tage ansiedelte, diese animalischen Instinkte hinter der Existenz einer Golfspielerin zogen mich an wie eine Beschwörung. Wie kann eine so zivilisierte Menschennatur über solche Kloaken steuern?

41

Mitunter hatte ich versucht, die Sache auf die leichte Schulter zu nehmen wie ein Phantasiegebilde oder schlimmstenfalls wie eine Verrücktheit; es mir rein medizinisch zu erklären. (»... Notwendige Stimulation der Rückenmarkreflexe ...«)

Doch um mich auf Abwege zu bringen, reichte es, die gurrende, kurzatmige Clotilde zu sehen, losgelöst von sich selbst, ihren verrenkten Körper, die Bewegungen ihres Kopfes, ihr wie durch Federn in die Höhe schnellendes Becken, die in meinen Armen liegende Clotilde, die von etwas besessen war, was nichts mit mir gemein hatte. Jede Nacht wurde ich von dieser Mänade besiegt, die nur dem Augenblick lebte, wo sie nichts weiter zu befriedigen hatte als sich selbst.

Wenn unsere ineinander geschobenen Körper sich endlich entknoteten und ich aus dem Bett stieg, waren nicht nur meine Lenden taub; mein moralisches Gerüst war zerbrochen. Clotilde war zerstörerisch.

42

Die Nachbarschaft zu enthemmten Leidenschaften begann bei mir, dem Mann des geregelten Geschmacks, eigenartige Effekte zu zeitigen. Von diesen abscheulichen Instinkten bekam ich die ersten Auswirkungen zu spüren. Ich konnte mich nicht mehr frei machen von dieser Haltlosen, die nachts darauf wartete, daß die Frau »comme il faut« ihr den Platz überließ.

Ich wagte nicht, auch nur eine Frage zu stellen (so sehr fürchtete ich, daß eine ungeschickte Geste Clotilde zum Schweigen brachte). Aber der Rhythmus ihrer Bekenntnisse wurde schneller. Ihr Wahnsinn brach nicht mehr nur in Krisenmomenten aus, wie an dem Kinoabend; inzwischen sah ich ihn regelmäßig wiederkehren. Ich errötete über sie, die redete, und über mich, der schwieg. Ich litt entsetzlich, wenn ich sie unter mir hatte, ganz eng, wie festgeklebt. Ich wollte nicht wahr haben, daß diese schrecklichen Feste erlebte Feste waren, obwohl sie den Umriß wirklicher Dinge hatten. Je mehr ich litt, um so mehr mußte ich meinem Leiden, meiner leidvollen Sinnenlust Nahrung geben. Aus heutiger Sicht war ich es, der, über sie gebeugt, sie darum zu bitten schien. Ich wartete ängstlich, daß das blinde Fenster nicht mehr vermauert war, daß die Augäpfel tanzten wie verrückte Kompaßnadeln, daß die gekünstelte Stimme, mit der Clotilde tagsüber ein Spiel ohne Trumpf ankündigte oder ein Handicap beim Golf bekanntgab, den Platz frei machte für die andere mit dem rauhen Timbre. Meine Vorstellungskraft geriet noch nicht in Brand im Feuer ihrer Verderbtheit – es war zu befremdlich –, aber ich entwickelte mehr und mehr Neugier für das Schreckenskabinett.

Dieses verborgene Leben nahm mich schließlich gefangen wie ein Detektivroman, weniger weil es das Leben, sondern weil es unerlaubt war.

43

Nachdem ich lange gezögert hatte, Clotilde zum Schweigen zu bringen, entschied ich, sie sprechen zu lassen. Oft entzog sie sich, aber wenn sie nicht an sich halten konnte, dann reichte die Flut der Einzelheiten, die sie ausbreitete, ohne sich je zu unterbrechen, ihre augenblicklichen Antworten auf genaueste Fragen von mir, um mich zu überzeugen, daß neben mir keine Simulantin lag.

»Ich habe sie am Strand gehabt ...«
»Von wem sprichst du?«
»Von herrlichen Kindern, schön wie die Nacht ... Ich habe sie an der Hand hinter eine Badekabine geführt ... Ob man uns sehen konnte? Nein. Die Düne verbarg uns. Wie: es gibt an dieser Stelle keine Dünen? Wir sind dort wohl nie zu Pferde gewesen! Du siehst doch die Mündung des Wadi ...«

Alles, was sie erzählte, wogegen Tiberius' oder Krupps Spiele auf Capri ein Nichts waren, gewann plötzlich außerordentlich an Wahrscheinlichkeit.

Wie eine Schlafwandlerin folgte Clotilde ohne Zögern ihrem Radar. Ich folgte ihr in die Dunkelheit vorsichtig nach, fragte mich, ob sie auf den Mond reiste, ob ich dem Schauspiel einer irregeleiteten Inspiration beiwohnte oder ob es sich tatsächlich um ein Geständnis handelte.

Ja, sie hatte all das getan, was sie bekannte.

Die Clotilde, die entblößt, fürchterlich, zugleich egoistisch und wollüstig war wie die andere zurückgenommen und lenkbar, beherrschte mich gegenwärtig. Folgsam, fast begierig folgte ich ihr in ihre dunkle Zuflucht, wo sie phantastischen Göttern huldigte. Ich schämte mich inzwischen einfach Liebe zu machen, schämte mich über mein gefräßiges, sogar verschlingendes tägliches Verlangen, wenngleich bescheiden gegenüber ihrer orgiastischen Begierde.

44

Ich bemerkte, daß die Freundin, mit der ich mittags am Strand entlangritt, über uns in der Luft schwebende Sperber, neben uns im Gleitflug landende Störche, daß meine sanfte Gefährtin des lichten Tages sich, genau wie ich, verändert hatte. Ich hatte die Entdeckung gemacht, als sie mir eines Morgens meine Tasse Kaffee reichte und sich dabei mit einem verwirrten und nichtssagenden Lächeln näherte und die Stirn gesenkt hielt wie eine Ziege, die beladen wird.

Es war nicht mehr dieselbe Person. Sie hüllte sich in hartnäckiges Schweigen. Nie zuvor hatte ich diese harten Kinnbacken bemerkt, diese Falten, die scharf die Nasenwurzel einschnitten, die hochgezogenen Augenbrauen, die erstaunt wirkten über die geheimen Gedanken, die sich hinter ihnen auftaten. Sie schien mit versunkenem Blick im Stehen zu schlafen.

Den ganzen Tag lang spazierte sie durch die Straße, durch ihre Wohnung, durch den Garten des großen arabischen Hauses auf der Felsenklippe, das ich kürzlich angemietet hatte und wohin sie fast täglich mit einem merkwürdigen inneren Kichern kam. Sie behielt das Lächeln einer Verrückten bei, dieses engelhafte Lachen; bei Tisch beugte sie sich wortlos tief über ihren Teller, so daß ich nur noch ihren Scheitel sah. Diese heimliche Heiterkeit brachte mich auf: man könnte meinen, sie erzählte sich, nur für sich allein, vortreffliche Geschichten.

45

Dann kam endlich die Nacht, in der sie einen Namen aussprach:
»Ibrahim ... du bist schwarz wie der Teufel ... und du zergehst auf der Zunge ...«
Ibrahim. Ich hielt das für etwas Wirkliches, etwas Erlebtes, nicht nur ein vom Inkubus entlocktes Stöhnen, und für das Eingeständnis, daß sie einen Gefährten der Lust hatte, aus Fleisch und Blut. Wer war er? »Ich werde ihn suchen«, schwor ich mir, »ich werde ihn finden.«
Aber diesen Beschluß, endlich jede Zweideutigkeit zu beseitigen, setzte ich nicht in die Tat um; war es die aus dem unbewußten Verlangen geborene Hemmung, lieber in einem Zweifel zu leben, der günstig war für die Krankheitskeime, die mich verzehrten und die eine offenkundige Gewißheit getötet hätten? Ich entschied mich nicht dafür, mit meinen Nachforschungen zu beginnen.

46

Eines Morgens, als ich unvermutet bei Clotilde auftauchte, fand ich sie in der Küche, wie sie gerade eine kleine Berberin frisierte, deren krauses Haar sie mit gleichmäßigem Eifer aufsteckte.

Neben ihr stand ein kleiner Junge mit orientalischen, für seine zehn Jahre schon zu vollendeten Zügen; er schaute sie mit Augen weiß wie Email unverwandt an.

»Das ist Ibrahim, und das ist seine Schwester Haischa«, sagte Clotilde vollkommen gelassen.

»Ibrahim!« wiederholte ich erschüttert.

(Also Ibrahim! Verrückt, dachte ich. In diesem Land heißt ohnehin jeder Ibrahim ...)

»Aber ja, Ibrahim und Haischa ...«, kam es erneut aus Clotildes geschminktem Mund, aus ihrem herzförmig geschwungenen Mund, ihrem Mund von tagsüber, dem Mund aller Frauen. (Nachts hatte sie einen anderen Mund, ohne Rouge, der mich auf ganz andere Weise verunsicherte.)

Der Schädel des kleinen Jungen war kahl rasiert, glich einem blauen Kieselstein. Das kleine Mädchen hielt Clotildes schönen Händen eine Roßhaarmatratze hin, unter der ein malvenfarbiger Nacken auftauchte.

Welch natürliche Eleganz bei diesem Kind, die geraden Schultern, die am Körper angelegten Ellbogen, die rundlichen Hüften ... Es hatte mich gar nicht angesehen, so sehr war es vom goldenen Armband an

Clotildes Handgelenk fasziniert.

»Sie kommen von weit her; sie reisen zu zweit auf einem Esel, der nicht einmal so groß ist wie sie selbst. Sie brechen in der Nacht in ihrem Zeltdorf auf, um wilden Spargel zu verkaufen und ab Sonnenaufgang auf dem Markt zu sein.«

»Aber seit wann kennst du sie?«

»Seit Monaten.«

Die mir Antwort gab und dabei weiterhin das kleine Mädchen entkräuselte, war die Clotilde mit den schimmernden grauen Augen, die immer bezaubernde, elegante Clotilde.

In ihrem weißen Kleid mit den schweren Falten strahlte sie vor Reinheit, und die zwei dunkelhäutigen Kinder neben ihr wirkten wie zwei Fliegen auf Zuckerguß. All das sah natürlich aus, sittsam. Vergebens suchte ich nach einer geheimen Übereinstimmung. Welche Leichtigkeit in der Verstellung...

Sollte Clotilde wirklich nur mit Puppen spielen?

Bald würde mir ein nächtliches Geständnis das sagen.

»*Cigarro?*« bettelte mich der Junge an, als er mich bemerkte.

Clotildes hübsche Finger fuhren fort, die widerspenstige Haarpracht zu entkrausen: sie bemühten sich, dem Mädchen einen Schopf wie bei einer kleinen Haubenlerche zu frisieren.

»Sie täten besser daran, sie zu entlausen«, sagte ich.

47

Diese Szene hatte etwas von einer unverdorbenen Nettigkeit, die mich beruhigte. Aber nicht für lange; meine penible Natur zwang mich, mein Gewissen zu erforschen, und eine neue Qual war geboren. War ich nicht an dieser lasterhaften Einbildungskraft genauso mitschuldig wie Clotilde, denn ich hatte zugelassen, daß sie mir vertraut wurde.

Machte ich nicht sogar mit ihr gemeinsame Sache...?

Aber nein; ich war außerstande, mit Clotilde um die Unzucht zu wetteifern, und vollkommen unfähig, zu meinen eigenen Gunsten die unglaublichen Einfälle hervorzulocken, die meiner Gefährtin über die ungeschminkten Lippen kamen. Nur sie allein konnte mich mit dieser liederlichen Nahrung versorgen, an der ich nur allzuviel Geschmack zu finden begann; ohne es eingestehen zu wollen, wurde ich durch die Ansteckung von dieser geistigen Ausschweifung nach und nach zerfressen. Ich wartete auf die Stunde, in der ich mein begieriges Ohr an diese geheime Tür legen konnte. Ich brauchte sie jetzt, an mir klebend, diese Mätresse voller Erfindungen und düsterer Stoßseufzer.

Ich glaubte noch, nur ein heikles Gefühl für sie zu haben, daß ich mich schon auf dem Niveau ihrer animalischen Seele befand, dieser Seele, deren Entzifferung mich völlig beschäftigte und die ich mit den Körpern von Chimären verglich, die aus unvereinbaren Organteilen zusammengesetzt sind, der Geierschnabel mit dem dürren Bein des Kranichs, das Löwenhaupt mit dem Schweif des Drachen.

So paarten sich bei Clotilde auf wundersame Weise die »reizende Anmut der Hausherrin«, der »Charme der Tischdame bei Gesellschaft« mit dem Gewerbe einer Kupplerin und der Hemmungslosigkeit einer Rasenden.

48

Heute sagt man leichthin, daß die menschlichen Gefühle nicht mitteilbare Träume sind, die ihre parallelen oder abweichenden, jedoch nie miteinander vereinigten Wege gehen; hier war es das Gegenteil: ich unterhielt mich mit Clotilde, ich liebte sie über alles in diesen Träumen, wo ich ihr endlich begegnen konnte.

Einbildung oder Wirklichkeit? Unsicher über meine Wahl schwankte ich von einer Seite auf die andere, abwechselnd überzeugt oder zweifelnd; bald sicher, daß ich mich mitten in einem Mythos befand, ins Leben gerufen von einer Besessenen, die im Feuer wahnwitziger Visionen verglühte, deren Bestandteile sie allein erschuf; bald sicher, daß ich es zu tun hatte mit einer authentischen, zynischen Nymphomanin.

Diese gegensätzlichen Gewißheiten beherrschten mich abwechselnd.

Konnte ich das Übel erkunden mit diesem kühlen,

verblaßten und gleichgültigen Blick von Clotildes Ehemann auf dem kleinen Foto?

Kann man Gedanken töten wie man Menschen tötet, mit einer Pistolenkugel?

Ich fühlte, wie ich verrückt wurde.

Verrückt aus Liebe. Krank durch Liebe. Ich ließ in mir keinen anderen Gedanken zu. Mein Eifer, meine geistige Genauigkeit, nicht für die Arbeit, sondern für die Leidenschaft in Dienst gestellt, machte es noch erheblich schlimmer; ausschließlich mit mir beschäftigt, stieg ich hinab in die wildesten Tiefen, dorthin, wo keine Kreatur mehr erlöst werden kann. Wegen dieser Krisen kamen mir Greisentränen, die mir das Herz zerrissen, nicht nur vor Kummer, sondern vor Zorn, denn ich konnte nichts gegen sie machen. Mit wem reden? Eine leidende Seele kann sich anvertrauen, aber auf welches Verständnis kann das Laster zählen? Die Lasterhaften können Mitwisser sein; sie können jedoch nie Trost spenden.

Also irrte ich allein umher in einem Labyrinth der Pein und der Liebe.

49

Die dreigestaltige Hekate, Königin der Nacht, nährt sich von Hunden; ähnlich wie die entsetzliche Göttin verschlingt Clotilde Welpen, jene Kinder, die sie zu ihrer Nahrung macht.

Diese Furchtsame geht mit unvorstellbarer Kühnheit auf Jagd bis in die belebtesten Viertel hinein. Sie nimmt von dort die kleinen, ihrer Begehrlichkeit dargebotenen Körper mit, an denen sie sich vergreift, um ihnen die erschreckende Unterwerfung zu entreißen, die selbst die üblen orientalischen Sitten überschreiten müssen, bei denen eine frühreife Kindheit reibungslos ins Laster übergeht.

50

Wie zur Bestätigung sagte ich mir laut, daß ich das alles verabscheute, aber dieser Abscheu war schon überschritten, und die Sinnenlust eines dunklen, monströsen Getümmels wurde zur Voraussetzung der meinen. Die normale, alltägliche Clotilde mit dem ausgeruhten Gesicht ließ mich inzwischen gleichgültig; die andere, die entfesselte, stöhnende, die mich vor Glück zerfließen ließ, war jetzt mein Abgott.
   Ein Abgott aus Schmutz.

51

Eines Nachts erschien wieder die frühere Clotilde, jene, die nicht redete, die nichts gestand, die von *zuvor*; schön und bereitwillig stieg sie aus ihrem Morgenmantel wie eine aus der Nische tretende Statue.

Mit Erschrecken mußte ich mir eingestehen, daß sie mich vollkommen kaltließ. Ich berührte ihren Körper wie eine dieser Canova-Figuren aus blauem Marmor, die vergebens ihre Reize verschleudern, aber den Sinnen nichts anderes als Kälte mitteilen.

Unter meinem gleichgültigen Reiben erregte sich Clotilde. Ich stieß sie mit der Langeweile zurück, die gleich groß war wie die verwirrende Leidenschaft, die mich verschlang.

52

Dieser Abschnitt meines Lebens war in seiner Kürze der prägendste. Von daher hatte ich die plumpe Betrachtungsweise, die ich seitdem auf alles anwandte. Ich kultivierte das Übel wie die Kardinalsversammlung die Tugend. Ich gab mich der Ausschweifung mit den Vorsätzen hin, die meine Karriere geleitet hatten.

53

Die Wege, denen ich folgte, führten von der Stadt in die Felder, von der Kasbah in die Beduinenlager. Ich stieß hier und da auf Clotildes Spuren, jedoch immer zu spät; ihre Schnelligkeit war erstaunlich. Ich sah sie überall durchschlüpfen; sie war eigentlich nirgendwo. Ich fand ihren gelben Kleinwagen stets ohne

Insassin vor. An einem Tag erstickte ich im Gedränge des Fischmarkts, die Füße im Unrat, ich verließ ihn sardinenschuppenbedeckt; am nächsten Morgen fand ich mich auf Feldwegen hinter einer Reihe von Berberinnen wieder, unverschleierte Gesichter unter riesigen, mit schwarzen Wollbändern festgebundenen Strohhüten, gebeugt unter der Last von Holzkohle oder verschwunden unter den im Dorf geflochtenen Matten, zwischen denen man ihre beringten Füße sah, die aus Ledergamaschen hervorschauten. Bald durchstöberte ich unterhalb der begrünten Stadtmauern die winzigen Buchten, wo hinter den Felsen verschlagene kleine Jungen auf Abenteuer aus waren; bald wurde ich im Landesinneren auf irgendeinem Hügel, den ein würfelförmiges Marabutgrab krönte, oder in einer von den heiseren Rufen der Bauern, die ihre Ochsen anschrien, widerhallenden Schlucht von fahlgelben oder weißen Hunden, deren Fellhaar sich aufrichtete wie bei Hyänen, wütend verfolgt. Zwischen den beiden dunklen Eukalyptushängen stapelte die vom Meer begrenzte Stadt ihre rosa- oder beigefarbenen Stockwerke aufeinander oder ihre weißen Terrassen; Felder mit grünem Weizen, mit bronzefarbenen Saubohnen, frisch aufgeworfene schwarze Erde, eingefriedet von Schwertlilien; ich schritt über Brachland, auf dem abgestorbene Maishalme unter meinen Füßen knackten. Weich gerundete Hügelkuppen folgten auf felsige Plateaus, und auf dem Gipfel sah ich den Umriß wachsamer Hirten, den Rücken zum Wind, eingehüllt in Umhänge, deren Falten vergebens den antiken Vorbildern zu ähneln versuchten, da die Windstöße sie immer wieder auseinanderrissen. Ich traf Wilddiebe, Jäger mit Schleudern, Nesträuber, die Vogelhennen in ihren Kapuzen mit sich trugen, ich spielte Hüpfen mit kleinen Hütejungen, die ihre schwarzen, weiß gestreiften Lämmer mit Steinwürfen vor sich her trieben. Ich sprach in einem arabisch eingefärbten spanischen Kauderwelsch.

»Hast du die blonde Dame gesehen, die oft zu Pferde vorbeikommt?«

Ich prallte an den verschlossenen Mienen der einen ab, am bösartigen Mißtrauen der anderen, die aus Eigennutz ja sagten und die Hand hinhielten. Als würden sie mich komplett durchschauen, diese kleinen Wilden, die so frühreif waren, als wären sie bereits pubertierend geboren.

Auf brachen Maisfeldern umkreiste ich in erdfarbene Lumpen gehüllte Wächter der Bergkämme, die sich gegen den Ostwind zu Boden kauerten, wahre Hüter des Hinterlands, denen nicht das geringste am Horizont entging. Ich erlebte die Gemeinschaft kleiner Mädchen, die Kälber hüteten, diese lächerlichen afrikanischen Tiere, die den Kopf eines Ochsen und den Körper einer Ziege haben. Ich erkundete die Kakteenhecken, die die Dörfer schützend umgeben und an denen Wäsche zum Trocknen hängt, zwischen den Rotzjungen, die mir auf die Knie kletterten.

»Sag, hast zu gesehen ...«

»*Cigarro*!« (Auf zehn Schritt Entfernung schlug mir Knoblauchatem ins Gesicht.)

»Ist Madame im Souk?« fragte ich ihn und musterte die klebrige Flüssigkeit seiner Augen.

»Si ... si ...«

»Sie ist nicht im Souk?«

»No ... no ...«

Er antwortete mir mit Nein auf arabisch, indem er den Kopf nach hinten warf und mit der Zunge am Gaumensegel schnalzte, dabei blickte er mich heimtückisch an. Er war zum Ohrfeigen mit seinen ständigen Jas und Neins. Orientalische Angst oder orientalische Höflichkeit.

Man sah mich bei Unterrichtsende vor der jüdischen Schule, beim Unterrichtsbeginn der spanischen Klassen, bei den Gebetsstunden des anglikanischen Lehrgangs; das Klingeln, das die Pause im Lycée Gambetta ankündigte, wurde mir vertraut.

Ich machte mich lächerlich, und ich verschwendete meine Zeit.

54

Nicht weit von mir stand oben an der Straßensteigung eine Einheimischenschule inmitten von Bambus. Es war eher eine Hütte; durch die stets offene Tür kam mit dem entzückenden Brummen eines Insektenschwarms der Sprechgesang eines muselmanischen Gebets. Ich hatte mein Auto gegenüber der

Schule abgestellt. Ich sah mir die Kinder an, die mit ihrer Schiefertafel um den Hals auf einer Matte hockten; wir tauschten Blicke.

Nachts redete Clotilde oft über eine Schule, an deren Pforte sie ihre Ernte einholte.

Diese könnte es sein. Es war genau das Bambusgehölz dieses kleinen Dschungels, wo sie, wie sie mir bekannt hatte, die weniger unschuldigen Freuden genossen hatte.

Von einem unsichtbaren Pantoffel auf die Straße gescheucht, fiel ein kleiner Junge in zerrissenen Pluderhosen neben mir hin. Er weinte. Ich ließ ihn in mein Auto einsteigen und tröstete ihn, um ihm seine Bestrafung leichter zu machen. Tränen und Rotz vermischten sich, liefen überall herunter. Ich ließ auch ein kleines Mädchen mit einem tätowierten Stern auf der Stirn einsteigen, sie trug ein blau glänzendes Kleid, die elende Pracht dieser armen kleinen Araber. Ihre dreckigen Füße beschmutzten meine Sitze. Ich gab ihnen Süßigkeiten und versuchte, sie zum Reden zu bringen. Ich bemühte mich, mir Clotildes Verwirrung vorzustellen, so nah an diesen kleinen Tieren mit ihrem festen, geschmeidigen Fleisch, die den Geruch nach reifem Getreide an sich hatten. Wie schaffte sie es, sich ihnen zu nähern, von ihnen die Dinge zu erlangen, derer sie sich rühmte? Ich überwand meine Scham und streichelte ihre dunkle Haut; obwohl die Sonne schien, war sie frisch wie ein Brunnen.

In dem Augenblick kam ein bärtiger Mensch an Krücken aus der Tür; ein altes Frottiertuch wie einen

Turban um den Kopf gewunden, einen Pantoffel in der Hand; es war der Schulmeister. Ich hätte hier nichts verloren; es wäre verboten, mit den Bestraften zu reden! Die Augen des Ulema, des Geistlichen, sprangen schier aus den Höhlen, Hunde bellten, das Geschrei ließ die Menschen auf die Straße laufen. Ich hielt mich zurück, ihm seine Krücke auf dem Rücken zu zertrümmern, als er die Kinder gewaltsam am Arm aus meinem Wagen zog, und fuhr ziemlich verlegen nach Hause.

55

Ich wollte es nicht dabei belassen; ich brauchte eine vollständige Initiation, koste es, was es wolle.

Ich stieg folglich sehr tief hinab; da ich allein den wahren Weg zur Orgie nicht finden konnte, wünschte ich mir ... ja, ich schämte mich nicht, mir die Erlaubnis zu wünschen, daran teilzunehmen dürfen. Aus welchem Grund sollte Clotilde mir das verweigern? Die Liebespaare von heute treiben die Kameradschaft so weit voran ... Ich wollte ihres Sinnenrausches würdig sein.

Ich muß hier das Befremdliche eines Verhaltens anmerken, das ich mir nie habe erklären können; bis jetzt bleibt es mir vollkommen unverständlich: Clotilde sagte nicht nein, gab aber nur vage Antwort, schien nachgiebig, stimmte zu, verschob es dann ... und fuhr fort, ihre Spuren zu verwischen.

Daraufhin wagte ich es, ihr meine Dienste anzubieten. Als ich in letzter Sekunde einen Brief aufgeben wollte, hatte ich auf den Stufen der Post ein verlorenes Kinderpaar gesehen, das dort Kopf bei Fuß eingeschlafen war; konnte ich es mitnehmen?

Ich habe schon gesagt, daß unsere Tage und unsere Nächte zwei Welten ohne Verbindung untereinander waren. Am Tag war es unmöglich, mit kühlem Kopf, und sei es mit leisen Andeutungen, das Thema anzuschneiden, woran ich nur allzu oft dachte. Also wartete ich auf die Nacht und den Augenblick, in dem Clotilde Opfer ihres Dämons wurde, um meinen Plan mit einer Stimme anzusprechen, die eine perverse Regung heiser werden ließ.

»Diese Gören mitbringen, das ist doch nicht Ihr Ernst? Was würden Sie mit ihnen machen?«

»Mein Gott, zuerst würde ich sie in die Badewanne stecken!«

»Sie haben keinen Sinn für die Wollust«, sagte sie lachend, mit diesem Lachen, das sie jetzt hatte und das klang wie der Diamant eines Spiegelhändlers, der Glas zerschneidet.

Daß man moralischen Schmutz mit körperlichem Schmutz würzen kann, ließ mich schaudern, aber ich war von nun an so korrumpiert, daß es dieses Schaudern selbst war und all das, was meine Unschuld Neues entdeckte, das mich bis aufs Blut peitschte.

Diese Verderbheit der Begierden bahnte sich in mir ihren Weg, mal langsam, mal erschreckend schnell, jedoch immer im verborgenen. Wenn ich merkte, daß eine neue Stufe erreicht war, dann war es bereits zu spät.

Schließlich verlor ich jede Zurückhaltung. In den Sprüchen 31 heißt es: »Gib nicht deine Kraft den Weibern preis.« Ich hatte meine gegeben. Überaus verwundbar bestand ich nur noch aus Apathie, Haltlosigkeit, Verwirrung.

56

Es kommt der Moment, wo die Ereignisse aus den verschiedensten Richtungen auf ein Ziel zustrebend zusammenlaufen und die Ausgänge öffnen; es gilt nur noch, an Ort und Stelle die Entscheidung des Schicksals abzuwarten.

Ich war spät aufgestanden, und die Mittagszeit war bereits überschritten, als ich im Büro ankam. Mit diesen Worten wurde ich begrüßt:

»Der Prokurist der Z…bank ist da gewesen, und er war unzufrieden; er meint, es sei schon das dritte Mal, daß er auf Ihre Bitte hin sich hierherbemühte, um mit Ihnen ein Geschäft zu besprechen, und er Sie nicht antrifft. Er möchte, Herr Direktor, daß Sie ihm einen verbindlichen Termin geben.«

Ich machte eine Runde durch die Abteilungen; der Buchhalter verkündete mir, daß zwei neue Guthaben aufgelöst worden seien.

»Was gibt's in der Post?« fragte ich einen Syrer, den ich umstandslos als Ersatz für meinen Mann des

Vertrauens eingestellt hatte, der mich nach einer recht unangenehmen Unterredung verlassen hatte: letzterer hatte um Urlaub gebeten und führte zur Begründung Überarbeitung an.

»Überarbeitet?« hatte ich spaßig geantwortet. »Es gibt nicht allzuviel zu tun, und ich bin immer da!«

»Immer ...?« erwiderte er ironisch.

Ich muß gestehen, daß ich, erschöpft von den schlaflosen Nächten, nur noch sehr selten in die Bank kam; ich ließ mich immer nur kurz blicken. Ich dachte, daß der Stillstand der Geschäfte und der Niedergang des Handels vor Ort mir das erlaubten.

»Vorige Woche sind Sie überhaupt nicht gekommen«, fuhr er dreist fort, »und bei Ihnen zu Hause nimmt niemand den Hörer ab; es liegt nicht an mir, wenn Sie unauffindbar sind. Es gab einen Rückgang der Kurse in New York; ich mußte vorbeugende Maßnahmen treffen, Verantwortung übernehmen, die Ihre ... Ich habe auch Monsieur Tartins Auftrag erledigt, der zu sehr mit dem Terminmarkt befaßt war.«

»Sie haben sein Antofagasta-Aktienpaket verkauft! Er wollte die Mehrheit der Anteile. Was für eine Dummheit ...«

»Dieses Wort gibt den Ausschlag für meine Entscheidung, Herr Direktor, ich bitte Sie nicht mehr um Urlaub, ich habe die Ehre, Ihnen meine Kündigung zu überreichen.«

Und er war gegangen. An seiner Stelle hatte ich den Syrer.

»Was gibt's in der Post?«

»Einen Brief des holländischen Konsuls: eine Order, das Konto des holländischen Konsulats auf die Balthazar Bendoub Bank zu überstellen.«

Das war etwas Ernsthaftes; die Auflösung der Guthaben – davon gab es in den letzten Wochen einige – ist notfalls in einem Land wie diesem noch zu erklären, in dem weder die Leute noch die Kapitalien sich ewig aufhalten. Aber das holländische Konto?

Ich kannte den Konsul Van den Plas; wir fuhren, vor allem anfangs, gemeinsam zum Angeln hinaus. Ich war mir sicher, ihn an Bord seines Schoners anzutreffen. Ich würde ihn bitten, mich mit dem Auto zurückzufahren, sehr wohl wissend, wie ich ihn zum Sprechen bringen könnte.

Am Lenkrad runzelte der bislang herzliche Holländer nach meinen ersten Fragen die Stirn; in seinem gutmütigen runden Gesicht zog sich die Nase in die Länge, was ihn dem Raben in der Arche Noah ähneln ließ; um mich nicht anzublicken, starrte er auf die Sandpiste, wo das Auto ins Schleudern zu kommen drohte. Seine Unterlippe zitterte leicht, als wolle er sprechen, doch er biß sich darauf und schwieg.

»Sehen Sie«, sagte ich, »Sie setzen doch Vertrauen in uns? Unsere Bilanz ist einwandfrei, unsere Aufträge sind stabil, unsere verfügbaren Gelder reichlich vorhanden ...«

»Daran zweifele ich nicht, aber Ihre Geldschränke sind hundert Jahre alt; in unserer Stadt gibt es keine Safes, die ihren Namen zu Recht tragen außer in der Bendoub Bank, die soeben aus London einen Tresor bekommen hat, der den Kunden absolute Sicherheit garantiert.«

Diese mit Unbehagen vorgetragene Anwort befriedigte mich nicht. Ich glaubte vielmehr, wenn der Holländer uns verließ, wollte er einer Kontrolle des Guthabens seines Konsulats entgehen und vielleicht der Einmischung der Finanzbehörden des Auslandes, das ich repräsentierte.

In keinem Augenblick vermutete ich die Wahrheit.

57

Man wird es kaum glauben, wenn ich hinzufüge, daß ich trotz dieses Fingerzeigs nichts an meinem Leben änderte. Ich fuhr fort, mich an unmöglichen Orten herumzutreiben als Folge der Lektion, die ich von Clotilde erhalten hatte, keine Besonderheit in diesem ungewöhnlichen Bereich zu zeigen. Steile Treppen, Wehrgänge mit Zinnen, die schwarz sind durch die vom Meer aufsteigende Feuchtigkeit, verlassene Fischerboote, enge, mondhelle Gassen, Dampfbäder, arabische Cafés, der Trödelmarkt mit seinen vor Reißnägeln wimmelnden Brettern und seinen zu Weißblechklingen umgeformten Benzinkanistern, die unbebauten Grundstücke und die Werkstätten zur Mattenherstellung mit den am Boden hockenden Kindern, die die Flechtarbeit mit dem Faden zusammenbanden, hatten mich schließlich mehr als genug gesehen.

Schwärme kleiner Mädchen, lebhaft wie Dschinns, folgten mir, von Kupplerinnen mit Hieben ihrer rosa Pantoffeln auseinandergetrieben, die mir ihre Dienste anboten. Ich warf mich blindlings in die unentwirrbare Entfesselung der Leidenschaften mit derselben Willenskraft, die andere aufbringen, um sie zu zähmen. Ich beneidete Clotilde, bei der das Übel von selbst kam, während ich mich plump darum bemühte, durch unvorstellbare Verrücktheiten die Oberhand über sie zu gewinnen.

58

Ich hatte einen Plan des liederlichen Lebenswandels entworfen und verfolgte ihn Schritt für Schritt. Ohne jede Vorsicht versank ich absichtsvoll und bis zum Hals im Morast. Irgendwann verstand ich sehr gut damit umzugehen, hatte ich den listigen Blick eines alten Fuchses. Meine kühne Abhärtung bereitete mir angst. Ich machte keinen falschen Schritt mehr. Ich ging umsichtig zu Werke. Ich handelte rasch. Ich blieb nicht lange am Ort meiner Taten und begab mich woanders hin. In Rekordzeit verstand ich es, auszuwählen, zu verführen, meine auserkorene Beute zu verwöhnen, sie zu opfern, mich weiteren guten Stücken zuzuwenden.

Ich verbündete mich mit diesen verbummelten Kosmopoliten, auf die man überall trifft, spleenige

Lords, nordische Fabrikbesitzer mit Sitten, die so schwankend waren wie ihre Yachten, russische Damen, bei denen allein die Religion orthodox war. Unser Operations- und Versorgungszentrum befand sich im Palast des Korrespondenten der größten amerikanischen Presseagentur (der wenig später ermordet wurde), es war ein Palast aus Tausendundeinernacht mit Fußböden aus Alabaster.

Ich zitterte davor, diesen Ort aufzusuchen, obwohl ich nicht anders konnte. Jeden Tag hatte ich einen tieferen Sinn für das, was verdorbene Sitten an Qual mit sich bringen; manche ausschweifenden Nachstellungen ließen mir den Atem stocken wie dem Leser einer Kriminalgeschichte. Obgleich von einem möglichen Skandal in Schrecken versetzt, genoß ich diese Angst. Bewußtes Mißvergnügen, geheimes Vergnügen. Die Gewalt, die ich meinem redlichen Naturell antat, war zweifellos die Kehrseite des allen Protestanten eigenen Zwangs. »Endlich«, sagte ich mir, »ist Phantasie in mein Leben getreten!«

Aber weshalb halte ich mich bei Erinnerungen auf, die nur deshalb in mir aufsteigen, weil der Zufall mich hierhergebracht hat?

59

Clotilde entschlüpfte mir nach wie vor. Ständig aktiv auf der nächtlichen Bühne ihrer Einbildung, entglitt sie mir tagsüber immer wieder. Wenn ich sie ins Verhör nahm, hielt sie sich jedesmal eine Hintertür offen. Ich fühlte mich umgeben von ihren Komparsen und Komplizen, aber sie waren nicht weniger unauffindbar. Sie versteckten sich, setzten sich ab, und ich verlor die Fährte. Überraschte ich sie inmitten von Kindern, dann auf die unschuldigste Art, entweder drehte sie für sie am Einstellknopf eines Radios, eine noch wenig bekannte Erfindung, die sie begeisterte (sie umringten sie und warteten darauf, daß »die Musik in das kleine Haus kommt«), oder sie nahm sie zu einem Picknick mit, bei dem sie in der Mittagsglut im Schatten eines Felsens Fleischspießchen briet.

War das bei ihr eine Rückkehr ins kindliche Paradies, eine Wiederbelebung der Vergangenheit oder das Bedürfnis, eine Autorität darzustellen, die zu ihrer Bestätigung nichts weiter bedarf als ein winziges Herrschaftsreich? Spielte sie? Und was? Die Schullehrerin oder die Prinzessin aus Tausendundeinernacht, die Romanheldin oder die Kinderfresserin? Oder war sie ganz einfach kindlich geblieben unter der Hülle einer Erwachsenen?

Zu ihren Puppenmahlzeiten war ich nie geladen. Ich fühlte mich überflüssig, ich wagte nicht, darauf zu bestehen, und hatte zudem an den Hindernissen ein merkwürdiges Vergnügen; irgend etwas in mir beglückwünschte sich im stillen dazu, aufgehalten worden zu sein.

Ich war begeistert über eine Technik, die der meinen um Meilen überlegen war, nicht sichtbar wie die der großen Virtuosen. Die entschlossene und praktische Seite Clotildes verließ sie bei keiner ihrer Verirrungen. Der Mut in der Ausführung ihrer riskanten Unternehmungen, die Entschiedenheit in ihrem dreisten Begehren ließ einen erschauern. Ich dagegen bewahrte in meiner Kühnheit und trotz meiner Weiterentwicklung die Seite eines evangelischen Missionars, tragisch und komisch zugleich.

60

Das von mir gemietete Haus war ein alter, rissiger und verschimmelter arabischer Palast mit lockeren Fliesen und von Wurzelwerk aufgesprungenen Terrassen. Ein im Kreis laufender Esel zog aus einem Brunnen rostrotes Wasser, das die Aronstabfelder tränkte. Durch die Gitterfenster zerschnitt das Meer, kaum weniger blau als die Wandfayencen, den unendlichen Horizont.

Nachts stieg ich auf eine der fünf Terrassen und betrachtete einen sternbesprenkelten Himmel. »Welcher Gegensatz«, sagte ich zu Clotilde, »zwischen dem Ablauf der großen Mechanik und der Unordnung bei den Menschen!«

»Wie bei Ihnen, Jean-Jacques!«

Kinder sind um so weniger von der Unordnung ausgeschlossen, je näher sie der Erbsünde sind als wir. Indem ich sie aufsuchte, fing ich an, sie zu begreifen; ich besah sie mir beim ersten Mal nackt, diese kleinen Araber, Juden oder auch Europäer, die ich mit nach Hause brachte, und in ihrer Schule lernte ich das Laster kennen. Sie wußten davon sehr viel mehr als ich. Schön oder häßlich waren sie eine andere Form unserer selbst, geringer in der Körpergröße, aber nicht in den Leidenschaften, raffinierte und sinnliche Wilde, alte Ungeheuer mit arglistigen Neigungen, haushoch überlegen in der Erfahrung des Bösen. Sie stiegen dazu nicht hinab, sie traten auf gleicher Höhe ein. Mein menschenfreundliches Naturell, mein Vorleben hatten mich bereitwillig dazu gebracht, unsere Treffen in eine Sonntagabendschule umzuwandeln. Aber während ich vergaß, mich auf Abwege zu begeben, riefen sie mich zur Ordnung. Der Unschuldige, das war ich. Ihre Hemmungslosigkeit kannte keine dieser Skrupel, die ich so heftig verspürte bei meinen Ausflüchten und Gewissensbissen. Ich verabscheute mich selbst, derart schuldhaften Leidenschaften die Hand zu reichen. Sie zogen mich am Rockschoß zum Abgrund.

Wohin ging ich? Gefahren auf sich zu nehmen, ohne zu wissen, was man will, grenzt ans Absurde. Versank ich ganz allein in der Ausschweifung oder begab ich mich, meinem primitiven Plan entsprechend, nur auf diese bedrohlich schiefe Bahn, um Clotilde von dort wegzuziehen? Zuschauer oder handelnde Person? Chirurg oder Verseuchter?

61

Von dem Felsen, der mein Haus überragte, führte ein Pfad hinunter bis zu einer kleinen Bucht, die im Sommer nachts mehr bevölkert war als am Tag. Die Bürger der Stadt kamen dorthin, um zu baden, um Angelruten zu spannen oder um zu plaudern, ausgestreckt im kühlen Sand und auf den Sonnenaufgang wartend, um dann schlafen zu gehen. Während der allerheißesten Tage herrschte hier ein ständiges Kommen und Gehen von seegrasbeladenen Eseln, von Muränen- oder Rochenfischern mit Bambusstangen über der Schulter.

Clotilde schlief in jener Nacht bei mir, und von der Terrasse aus hörten wir die Strandspaziergänger lachen, sich streiten oder singen. Den Hintergrund dieser Landschaft der Laute bildete das Auf und Ab der Wellen.

Clotilde hatte sich über das vom Salz zerfressene Geländer gebeugt, hoch über dem Meer. Sie wandte mir den Rücken zu; ihr Haar, das sie nach der neuesten Mode kurz im Nacken trug, bedeckte nicht mehr wie glattgestrichene Seide ihre Halswirbel; im Licht der von Eintagsfliegen umschwärmten Lampe bemerkte ich, nunmehr ohne Nachsicht, die Wirbel ihres Rückgrats, die vom Nacken bis zu den Lenden hervorstanden.

Wenn das Geländer nachgeben sollte...

Der ganze Haß, der sich unter der Liebe angehäuft hatte, stillte sich an dieser Vorstellung; wenn ich mich von Clotilde befreite, würde mich dann ihr Tod nicht von dem Bösen heilen, das ich von ihr hatte?

»Beug dich nicht so weit vor«, sagte ich und hoffte, sie würde sich noch weiter vorbeugen.

Je leidenschaftlicher man ist, um so weniger verzeiht man. Ich rächte mich, weil ich stillschweigend von ihr beherrscht wurde, und sagte mir erneut, daß es mir nichts ausmachen würde. »Ich hielt sie in mancher Hinsicht für schön und im großen und ganzen für häßlich, aber wenn man sie genauer ansieht, diese zwischen den vorspringenden Schulterblättern abwärtslaufenden Knoten...«

Woran dachte sie, als sie das Kinn auf die verschränkten Arme stützte? Was wußte sie über die Person, zu der ich geworden war? Ich hatte alles vor ihr verborgen gehalten. Hatte sie mich entdeckt? Und angenommen sie wußte Bescheid über meine neuen Erfahrungen, welche von den beiden Clotildes interessierte sich für mich, die von tagsüber oder die von nachts? Ich war verloren vor diesem Doppelgeschöpf.

Noch heute gibt es am Rhein die Tage und Nächte des Karnevals, an denen den Einwohnern der sittenstrengsten Städte die unglaublichste Freizügigkeit zugute kommt; unter einem verkleideten Körper zeigt sich die Seele nackt; ehrenhafte Damen steuern mit geschwellten Segeln über ihre geborstenen Kloaken; und die Großbürger erholen sich von einem Jahr völliger Verstellung, indem sie sich in Vampire verwandeln. *Carna vale*, das bedeutet, »das Fleisch gewinnt die Oberhand«...

Genauso überschritt Clotilde den Graben zwischen dem geheimen Begehren und der zur Schau gestellten Tat.

Ich folgte ihr in die Sackgassen, wohin sich ihre Sinne durch die Ausschweifungen in ihrem Kopf verirrten. Ich wohnte auch an diesem Abend dem langsamen Anwachsen ihrer Erregung bei, aber dieses Mal war ihre Unruhe nicht ansteckend; voller Zorn sah ich sie an, wie sie ihre Lust suchte.

Ich näherte mich ihr. Sie wandte den Kopf, hielt mir ihre Lippen hin, ließ zwischen die meinen die flache, feuchte Zunge einer Hündin gleiten.

Ich war ihr ausgeliefert; in einem Anfall von Wut und Begehren legte ich einen Arm um ihren Hals, nahm sie in den »Schwitzkasten«, wie die Ringer es nennen, und warf sie auf den Teppich.

Ich konnte das plötzliche Ausmaß meines Hasses gegen sie nicht fassen. Clotilde ... ich verabscheute diesen Vornamen, der so schlecht zu dieser feuchten, gierigen und besessenen Person paßte.

Jäh packte ich sie an der Gurgel. Wie gern hätte ich sie erwürgt, ihr die Maske heruntergerissen! Laut schrie ich:

»Du sagst mir jetzt auf der Stelle, wohin du diese Kinder bringst!«

»Nichts zu machen.«

Sie stieß meine Hände zurück, wandte ärgerlich den Kopf zur Seite, als ob ich ihre perverse Lust hinauszögern würde.

Ich schüttelte sie heftig.

»Ich weiß nicht, ob du all das tust, was du erzählst, ich erkläre dir hiermit, daß ich ein praktischer Mensch bin: ich arbeite nicht in einer Phantasiewelt; auch ich kann mir junges Fleisch anbieten lassen; ich werde es dir herbeischaffen!«

Ich erhob mich wieder, zog rasch ein Kleidungsstück an. Clotilde versuchte, mich zurückzuhalten, zuerst auf sanfte Weise, dann auf äußerst wütende, sie klammerte mit den Händen, kratzte mit den Fingernägeln. Man sah, auch sie haßte mich.

Und ich spie sie aus.

Wir waren die beiden Fetzen ein und derselben Wunde.

»Nichts zu machen«, ahmte ich sie nach. »Du liebst Kinderspiele, du sollst welche haben!«

Ich sprang die Treppenstufen hinunter, von einer Raserei verwüstet, welche die Bewegung fröhlich wirken ließ. Mein Wagen stand bereit. Die Scheinwerfer überfluteten mit einem Schlag die weißen fensterlosen Häuserwände an der Straße, die nur von Türen mit Bronzenägeln durchbrochen waren.

Ich brauchte nicht lang für die Ernte. Eine Viertelstunde später kehrte ich, gefolgt vom hämmernden Geräusch kleiner nackter Füße, auf meine Terrasse zurück.

Clotilde war nicht mehr da.

62

Auf dem Tisch ein Brief, der mir in meiner Erregung entgangen war: der Präsident des Konsulargerichts bat mich, ihn aufzusuchen.

Der Präsident, ein Schotte namens Kirkpatrick, hatte mir oft genug sein Wohlwollen bewiesen; er war ein sympathischer Verwaltungsbeamter, aber ich fand ihn zu nachsichtig und schönfärberisch; so wie er war, ohne Breite und Tiefe, stellte er nur eine Art geometrischen Punkt des Ortes dar und war in dieser Hinsicht bedeutend.

Er begrüßte mich freundlich, ließ mich in einem großen scharlachroten Saffiansessel Platz nehmen, bot mir Whisky aus Gibraltar an. Zunächst sprach er über seine Gesundheit, und als er auf mein Wohl getrunken hatte, sagte er, er fände, daß ich nicht gut aussähe.

»Sie sind inzwischen zwei Jahre hier, mein lieber Spitzgartner; zwei Jahre, ohne nach Hause gefahren zu sein, das ist teuflisch anstrengend. Ich kann nicht verhehlen, daß ich der Auffassung bin, Sie sollten wieder einmal Heimatluft atmen.«

In der Tat hatte ich früher die Idee gehabt, um Urlaub zu bitten, aber schon seit Monaten wünschte ich mir keinen mehr.

»Im Herbst«, sagte ich, »wir werden sehen ...«

Der Präsident füllte erneut mein Glas mit einem unheilverkündenden Whisky.

»An Ihrer Stelle würde ich nicht warten«, sagte er

(seine Zurückhaltung lockerte sich). »Es ist durchaus vorteilhafter vor der schlechten Jahreszeit umzuziehen. Man erspart sich viel Ärger ...«

»Umziehen?« sagte ich verblüfft.

Er unterbrach mich:

»Wir werden es bedauern, Sie zu verlieren«, fuhr er fort, ging dabei vom vertraulichen zum ironischen Ton über, »viele Geschäfte, sogar britische, werden das ertragen müssen, aber was Sie betrifft, so fürchte ich, daß Sie Interesse daran haben, sich um einen anderen Posten zu bemühen. Das wäre äußerst wünschenswert. *Yes, Sir, highly advisable.*«

»Ich verstehe nicht, was mich veranlassen sollte ...«

»Sie verstehen es nicht? Das ist bedauerlich. Die Gerüchte, die es gibt, erklären den Vorschlag, den ich Ihnen ... sehr freundschaftlich unterbreite. Glauben Sie bitte, daß die europäische Kolonie mit mir an der Spitze es vorgezogen hätte, einen ihrer brillantesten Köpfe hier zu behalten; sind Sie nicht der Ratgeber eines Teils der Stadt?«

Ich tat so, als verstünde ich nicht.

»Nichts Ernstes. Meine Bank hat mir nichts vorzuwerfen.«

»Lassen wir Ihre Bank beiseite, Monsieur.«

»Hören Sie, Herr Präsident, das heißt, mit mir einen unangenehmen Streit anzufangen. Habe ich eines Ihrer Statuten verletzt? Wir sind hier schließlich nicht in Europa!«

Ich war mir meiner Rechte ziemlich sicher, sehr wohl wissend, daß das muslimische Gesetz keine

Minderjährigen kennt. Niemand würde mich vor den Kadi zerren.

Das Gesicht des Präsidenten verzog sich unter der Anstrengung, die er unternehmen mußte, um die allgemeinen Floskeln zu lassen und um, was die Angelsachsen verabscheuen, in den verbotenen Bereich der *personal remarks* überzugehen. Er entschloß sich indessen, Klartext zu reden. Eine italienische Studentin ... Die evangelische Mission wollte Klage einreichen. Vergaß ich, daß manche einheimischen Familien von den Konsulaten geschützt wurden? Die Stammgäste der *Brasserie*, Sitz der Sozialistischen Partei, würden einen Bankier nicht verfehlen.

»Ich bin verantwortlich für die Moral in der Stadt ...«, schloß der Verwaltungsbeamte. »Man sieht hier zu häufig die einen auf den anderen.«

Auf die letzten Worte hatte ich mit einem Lächeln geantwortet, aber ich kehrte niedergeschmettert nach Hause zurück. Ich hatte stets meiner Herkunft, meiner Ausbildung Ehre gemacht, ganz normal, so wie man einen Wechsel einlöst; doch heute, das war der Bankrott; ich, der ich soviel Einfalt und soviel falsche Scham gekannt hatte, ich stand dieses Mal im Angesicht einer wirklichen Schande.

Während des gesamten Gesprächs war nie die Rede von Clotilde gewesen. Sie wurde nicht einmal verdächtigt.

63

Einige Tage später erhielt ich einen Brief aus Paris. Die Zentrale teilte mir äußerst passend mit, daß die Position eines Liquidators bei der Niederlassung in China geschaffen worden sei. Man drängte mich, nach Peking abzureisen.

Der Gedanke, Afrika zu verlassen, war mir verhaßt, aber zu bleiben, war unmöglich; es wäre der moralische und finanzielle Ruin gewesen. Ich stimmte also zu, äußerlich zerrissen, aber innerlich beruhigt bei dem Gedanken, daß Clotilde mit mir käme.

Ich lief zu ihr, um sie zu fragen. Ein Monat würde ihr genügen, um ihr Geschäft zu schließen. Niemand würde sich darüber wundern, wenn sie nach China ginge; der Vorwand, dann näher bei ihrem Mann zu sein, war vortrefflich. Sie willigte ein.

Ich reiste ab. Sie kam nie.

64

Meine Genesung verlief unendlich langsam; ich war verletzt durch meinen Rückzug, verwüstet von einer Liebe, die nicht verzieh und nicht verzeihen konnte, da sie von ihrem Objekt getrennt war. Wenn das Bewußtsein vergißt, so vergißt das Unbewußte nie, es entzieht sich den Ablenkungen; jede Nacht brachte mich wieder zurück an die Orte meiner Niedertracht, und zwischen den Geistern des Abgrunds tauchte Clotilde in meinem Schlaf auf; lange Zeit fuhr ich erschrocken hoch, voller Entsetzen und gleichzeitig voller Begehren, Hekate ihre Hunde ausspeien zu sehen, so wie die bösen Feen Schlangen ausspeien. Die Liebe grenzt zu dicht an Widerwärtiges, um davon nicht einen Geschmack beizubehalten.

Das erste Jahr meines Aufenthalts in China war fürchterlich. Ich blieb zerschmettert, weil es noch Schlimmeres auf der Welt gab, das Warten und die Schande. Ich beherrschte meine Nerven nicht mehr; sie beherrschten mich, ließen die Glieder aus den Gelenken springen; zwanzig Jahre später ist mir noch ein Zucken im Gesicht geblieben. Ruine zwischen Ruinen eines ruinierten Kontinents entdeckte ich mein Spiegelbild in all den zerstörten Brücken, gebrochenen Dämmen, herausgerissenen Schienen, erkalteten Lokomotiven.

Der Stumpfsinn rettete mich, echter Winterschlaf der Gefühle. Ich willigte in die undankbarsten Aufgaben ein, Liquiditätskontrollen, Protokollführung in Beratungsgesprächen, die durch die Übertragung ins Chinesische noch langatmiger wurden.

Ich bat nie um Urlaub, ich führte die trostlosesten Arbeiten aus, ich ließ mir keine intelligente Initiative einfallen; das brachte mir die Wertschätzung der Bankzentrale ein. Nachdem ich erwartet hatte, daß mir alle den Rücken zukehrten, war ich überrascht, nur ausgestreckte Hände zu finden. Mein Horizont erweiterte sich; man vertraute mir die Überprüfung städtischer Defizite an, danach die der Veruntreuung von Geldern in der Provinz; bis zu dem Tag, an dem ich endgültig aufgetaucht war und meine wahren Fähigkeiten zeigen, wieder ein Finanztechniker ersten Ranges werden konnte; ich verließ die chinesischen Rechenbretter zugunsten der amerikanischen Rechenmaschinen. Staatsregierungen zogen mich zu Gutachten heran und wünschten meine Ratschläge.

Diese Finanzkuren, auf die ich mich spezialisierte, erleichterten meine moralische Wiedergeburt. Ich legte glühende Eisen auf alle Wunden, auch auf meine. Ich hatte die chinesische Vorschrift aus der Zeit der großen Pest beachtet: »Lauf schnell weg, fliehe weit fort, kehre spät zurück.«

65

Ich litt nicht mehr; ich wartete nicht mehr. Das mediterrane Potpourri, in dem ich beinahe zugrunde gegangen war, rückte in weite Ferne. Ich akklimatisierte mich in diesem Asien, wo der Erste Weltkrieg nicht enden wollte: die Roten erschossen die Weißen, die Kommissare folterten die buddhistischen Lamas, die Tschechen gingen über die Leiber von Ostjaken oder Samojeden hinweg, um sich einen Weg zum Pazifik zu bahnen. Das Konsortium, bei dem ich mittlerweile einer der Prokuristen war, lavierte zwischen diesen Klippen; es unterstützte leibeigene Tyrannen oder finanzierte selbstherrliche Sklaven.

Es war daher für mich keine Überraschung, daß

man mich eines Tages neben einer alliierten Abordnung nach Norden sandte, um über eine Anleihe zu verhandeln, um die was weiß ich für ein russischer Feldherr dringend bat.

66

Gleich am Abend meiner Ankunft hatte ich eine Begegnung mit Admiral Krubin in einem Salonwagen, der ihm als Amtssitz diente. Inmitten seines Generalstabs, zwischen den Offiziersausbildern und akkreditierten Piloten bemerkte ich dicht neben ihm einen hoch dekorierten französischen Oberstleutnant.

Nachdem das Problem der Anleihe geregelt war (der Admiral hatte als Sicherheit lediglich Tausende von Hektar Ödland und Torfmoor zu bieten), wurde der französische Oberst damit beauftragt, sich um mich zu kümmern. Man stellte ihn mir vor: es war Clotildes Ehemann.

Aus dem Dunst von Stiefeln, dem Dampf von Teekannen war er zur rechten Stunde aufgetaucht wie diese Gespenster in chinesischen Legenden, die aus der Zeit der Han-Dynastie verirrte Reisende über irgendwelche Schlachtfelder hinweg verfolgen. Meine Vergangenheit nahm einen menschlichen Körper an, um mir zu begegnen.

Wir blieben allein zurück in dem Waggon. Um uns herum fegte der Wind über die endlose asiatische Wüste am Schnittpunkt der Routen aus Turkestan und der Mongolei. Der Staub trieb sein Spiel mit den Doppelfenstern, legte sich auf Teller, trübte die Scheiben und bedeckte meine Brillengläser mit einer rötlichen Schicht; nur mit Mühe konnte ich Clotildes Ehemann erkennen.

Wußte er es? War er auf mich ebenso neugierig wie ich auf ihn? Mein Name sagte ihm vielleicht nichts? Männer treiben oft zu einer Frau benachbarte oder parallele Stollen voran, von denen nur diese Frau allein den Plan besitzt, wenn sie ihn nicht vergessen oder verloren hat.

Wie hatte ich mir nur vorgestellt, daß dieser Offiziersausbilder Clotilde in der Liebeskunst unterwiesen haben konnte? Er war nicht einmal in der Lage, mich über die Kohlevorkommen dieser Gegend in Kenntnis zu setzen ... Sein Desinteresse war vollkommen. Er fragte mich weder über Europa aus noch über Versailles noch über Clemenceau. Im Verlauf des Abends verlor ich neben ihm jede Vorstellung von Zeit und Ort.

Der Mann glich nicht dem Photo, das ich einst in Afrika in seiner Jackentasche gefunden hatte. Er war einer dieser nutzlosen Helden mit ausgemergeltem Gesicht, die der Krieg hervorgebracht hat und die hinterher nicht wissen, wohin sie gehen sollen.

Wir traten hinaus. Über dem regenlosen Sturm funkelten die Sterne, und der Wind schien auf einem menschlichen Oberschenkelknochen für ein Dämonenfest zu blasen.

Der Oberst schritt mir voran mit meinem Koffer

in der einen Hand und leuchtete mit Hilfe einer elektrischen Lampe in der anderen unendlich höflich den Weg aus.

»Sie werden die Herberge entschuldigen müssen!« Eine Pritsche gegenüber der seinen war im Schlafwagen der Transsibirischen Eisenbahn für mich vorbereitet worden. Die karge Behausung dieses Asketen war voller Akkumulatoren, Ferngläser, Gewehre, Flaschen, tibetanischer Handschriften. Über dem Bett reihten sich in einer zu einem Wandregal umgewandelten Seifenkiste Bücher: *Louis Lambert*, *Vie de Rancé*, *Le Mécanisme des déviations sexuelles*.

Ich nahm eine Pritsche in Beschlag; er streckte sich auf der anderen aus. Auch er schlief nicht ein. Sein Blick wich nicht von mir. Ahnte er langsam, daß Clotilde zwischen uns stand?

Das Bedürfnis, ihn zum Sprechen zu bringen, zehrte an mir.

»Sie haben keine Lust, nach Europa zurückzukehren?«

»Nein. Warum?«

»Um die Ihren wiederzusehen?«

Er gab keine Antwort.

»In Europa fängt das Leben wieder an«, sagte ich. »Und Sie warten hier ab.«

Er gab eine Art Kichern von sich.

»Ich bezahle meine Schulden«, sagte er.

»Spielschulden?«

»Schulden aus dem Großen Spiel.«

»Was wollen Sie damit sagen?«

»Schlechte Taten ... Verunreinigung von Körper und Seele.«
»Das betrifft uns alle.«
Er warf mir einen Blick zu, der mich durchbohrte.
»Sie nicht. Sie haben sich befreit. Ich dagegen warte noch immer ...« (Er fing an zu lachen.) »Natürlich warte ich auf meine Entlassung aus dem Militärdienst, Monsieur; wenn das geschieht, wenn es jemals geschehen wird, weil vielleicht die Welt, zum Beispiel die russische, in einem Zustand der Dauermobilmachung bleibt ...«
Er schwieg.
»Wenn Sie nicht mehr beim Militär sind«, betonte ich, »welchen Weg werden Sie dann einschlagen?«
Er richtete sich auf seinem Kopfkissen auf.
»Der einzige, der sich mir eröffnet, ist der Weg der Erkenntnis«, erwiderte er trocken.
Die Nacht verrann. Dieser französische Offizier wurde unwirklich; die flüchtige Projektion eines Schamanen, der seine geistigen Bilder vergegenständlicht ...
Ich bemühte mich, weiterzureden:
»Sie werden also nicht reisen?«
»Die einzigen Reisen eines Desillusionierten sind die Alpträume.«
Er drehte sich zur Wand und löschte das Licht.

67

Ich sah Clotilde nur noch einmal 1942 in New York wieder. Es war anläßlich eines Abendbanketts, bei dem ich ihr Tischnachbar war.

Äußerlich hatte sie sich nicht sehr verändert. Sie trug ihre fünfzig Jahre wie eine junge alte Amerikanerin. Die Jahre hatten nur ihre früher wenig ausgeprägten Züge unterstrichen, diese inneren Falten verstärkt, gegen die keine Massage etwas ausrichten kann; ihre flötenhafte Stimme hatte einen tieferen Klang, war unpersönlich geworden; sie sprach französisch mit englischem Akzent, herrlich treffsicher; ihr Auftreten, das von einer bis in die Festigkeit des Profils durchkomponierten Ungezwungenheit war, hatte nichts Ungefähres mehr. Wenn man ihren Beschützermanieren zusah, ahnte man, daß sie die soziale Stufenleiter hinaufgestiegen war. Sie leitete Kriegseinrichtungen. Unter ihrer harten Ausstrahlung schien nichts mehr von jenem Geheimnis fortzubestehen, das mein Leben durcheinandergebracht hatte. Sie glich einem dieser Diamanten, die Millionen Jahrhunderte unter der Erde vergessen haben, ferner die Darmschlingen des Negers, in denen sie versteckt wurden, die krumme Hand des Wucherers, das Stehlen, das Morden, das Plündern, für die sie der Grund waren, und die auf der Stirn des Siegers mit funkelnder Gleichgültigkeit erstrahlen.

Ich dachte, daß eine Anspielung auf die Vergangenheit vermieden werden sollte; ein Tisch mit fünfzig

Gedecken ist kein Rahmen für die Begleichung offener Rechnungen. Aber Clotilde stürzte sich darauf, entweder weil eine Stunde des Schweigens ihr unerträglich gewesen wäre oder ganz einfach, weil sie in der Tiefe ihrer mondänen Seele eine überragende Fähigkeit zum Gedächtnisverlust und zur Beschönigung besaß.

Sie verbreitete sich lange über ihre sozialen Aktivitäten, die Komplimente, die man ihr deswegen machte, dann beugte sie sich mit einer gewissen Herablassung zu mir:

»Es scheint, daß auch Sie eine sehr wichtige Persönlichkeit geworden sind«, begann sie. »Ich habe Sie noch in sehr guter Erinnerung.«

»Ich Sie nicht, Clotilde. Vielleicht habe ich Sie zu sehr geliebt ... Fünfzehn Jahre waren nötig, um davon zu genesen. Und trotzdem werde ich für Augenblicke immer wieder zu einem Spukhaus, das seine eigenen Gespenster hervorbringt.«

Ich redete ohne Rücksicht auf unsere Nachbarn, ohne mich zu fragen, ob sie nicht französisch verstünden. Es kostete mich große Anstrengung, ihr direkt in die Augen zu sehen.

Sie ertrug meinen Blick; mit einer Hand, an welcher der Handschuh bis zum Gelenk heruntergestreift war, stieß sie ihr Glas zurück:

»Man sollte besser sagen, mein Lieber, Sie waren entsetzlich lasterhaft ...«, meinte sie ruhig.

Kaum hatte Clotilde diese unglaubliche Erwiderung von sich gegeben, wurde die Tafel aufgehoben.

Sie deutete einen Schritt nach vorn an. Ich nahm sie beim Arm, drückte ihn äußerst unsanft; ich brauchte endlich die Erklärung.

»Clotilde, warten Sie ... ich muß Ihnen noch etwas sagen; Sie werden mir nicht mehr entkommen.«

Erstaunt, gekränkt blieb sie stehen.

»In China habe ich jemanden getroffen ...«

Ich war grausam wie ein Henker, das Beil in der erhobenen Hand.

»Ja, dort unten, da habe ich einen Mann kennengelernt, und Sie wissen wen.«

Sie wich zurück und fing an zu zittern. Ihr Gesicht verzerrte sich, ihre Augen färbten sich grün, ich erkannte Hekate.

Vevey, 1953

Editorische Notiz

Nun denn, so walte, Hekate, Fürstin des Zaubers, moorduftige Königin der Nacht! Sproßt, ihr dämonischen Kräfte, die die menschliche Satzung sonst auszujäten bemüht war, blüht auf, unter dem Atem der Hexen, und schoßt zu Wäldern empor, daß die Wipfel sich zerschlagen, und die Pflanze des Himmels, die am Boden keimt, verwese; rinnt, ihr Säfte der Hölle, tröpfelnd aus Stämmen und Stielen gezogen, fallt wie ein Katarakt, ins Land, daß der erstickende Pestqualm zu den Wolken empordampft; fließt und ergießt euch durch alle Röhren des Lebens, und schwemmt, in allgemeiner Sündflut, Unschuld und Tugend hinweg!

Heinrich von Kleist
Das Käthchen von Heilbronn

1953 beendete Paul Morand die Erzählung *Mangeuse de chiens* (Hundeesserin), die er in sechs Monaten niederschrieb, für diesen Autor eine außergewöhnlich lange Zeit, zumal ihn die Idee des »dédoublement« (Zweiteilung), der gespaltenen Persönlichkeit, schon sechs Jahre beschäftigt hatte.

Anfang 1954 erfolgte der Vorabdruck in drei Folgen in der Zeitschrift *La Parisienne* unter dem Titel *Hécate et ses chiens* (Hekate und ihre Hunde). Auf diese mythologische Gestalt war Morand gestoßen, als er Kleists Drama *Das Käthchen von Heilbronn* für eine Radioadaption bearbeitete. In einem Interview äußerte er: »Hekate ist eine dunkle griechische Göttin, geheimnisumwittert, schon ein bißchen hinduistisch. Ich habe sie zum Symbol gewählt aufgrund eines Satzes von Kleist; er nennt sie ›Göttin der Moore‹, der Sümpfe der menschlichen Seele. Sie wirft einen trüben Lichtschein auf das Unbewußte.«

Die Publikation der ambitionierten Erzählung im selben Jahr bei Flammarion bedeutete die Rückkehr des nach dem Krieg umstrittenen Autors auf die Pariser Literaturbühne und sollte ihm den Weg in die Académie française ebnen. Doch ein alter, fast erblindeter Kardinal, dem der Text zugespielt wurde, in dem alle heiklen Stellen deutlich mit roter Tinte unterstrichen waren, verhinderte vorerst Morands Aufstieg in den »Olymp«. (Erst 1968 – vierzehn Jahre später – wurde er hineingewählt.)

Der Faszination, die Nordafrika seit Napoleons Ägyptenfeldzug auf französische Schriftsteller ausübte, konnte sich auch Morand nicht entziehen: er siedelte *Hécate* – dem Lokalkolorit nach – in Marokko an, und zwar in Tanger, wo er sich 1918/19, 1925, 1950-53 und auch später noch gern aufgehalten hatte. Hier, in der als Sündenbabel geltenden Stadt, treffen die Protagonisten aufeinander.

Der Schriftsteller Roger Nimier schrieb im Vorwort der Erstausgabe: »Der Vorzug der trockenen, knappen Sätze Paul Morands besteht darin, dem Geheimnis den Stellenwert zu belassen, den es innehaben muß«.

Anläßlich ihrer Aufnahme in die renommierte Gallimard-Reihe *L'Imaginaire* Anfang 2002 feierte die französische Literaturkritik Morands Erzählung *Hécate et ses chiens* als den »Gipfel seiner Kunst«.

manholt verlag
Fedelhören 88
28203 Bremen